Jenny Erpenbeck

Heimsuchung

Roman

Nachwort von Friedhelm Marx

Reclam

Zu diesem Text gibt es eine Interpretationshilfe:
Jenny Erpenbeck, *Heimsuchung*
Lektüreschlüssel XL (Nr. 15554)

E-Book-Ausgaben finden Sie auf unserer Website
unter www.reclam.de/e-book

RECLAMS UNIVERSAL-BIBLIOTHEK Nr. 14388
2024 Philipp Reclam jun. Verlag GmbH,
Siemensstraße 32, 71254 Ditzingen

Gestaltung: Cornelia Feyll, Friedrich Forssman
Druck und Bindung: Druckerei C.H.Beck,
Bergerstraße 3–5, 86720 Nördlingen
Printed in Germany 2024

ISBN 978-3-15-014388-9
www.reclam.de

Für Doris Kaplan.

Dieweil der Tag lang und die Welt alt ist,
können viel Menschen an einem Platz stehn,
einer nach dem andern.

Marie in »Woyzeck« von Georg Büchner

..., versprecht ihr mir,
Ihr Wälder meiner Jugend, wenn ich
Komme, die Ruhe noch einmal wieder?

Friedrich Hölderlin

Wenn das Haus fertig ist, kommt der Tod.

Arabisches Sprichwort

Prolog

Bis zum Felsmassiv, das inzwischen nur noch als sanfter Hügel oberhalb des Hauses zu sehen ist, schob sich vor ungefähr vierundzwanzigtausend Jahren das Eis vor. Durch den ungeheuren Druck, den das Eis ausübte, waren die erfrorenen Stämme der Eichen, Erlen und Kiefern zerknickt und niedergemalmt worden, Teile des Felsmassivs waren gesprengt, zersplittert, zerrieben worden, Löwe, Gepard und Säbelzahnkatze in südlichere Gegenden vertrieben. Über das Felsmassiv hinweg drang das Eis nicht. Dann wurde es nach und nach still, und das Eis begann seine Arbeit, den Schlaf. Während es über Jahrtausende hinweg seinen riesigen kalten Körper nur zentimeterweise ausstreckte oder herumschob, schliff es die Felsbrocken unter sich allmählich rund. In wärmeren Jahren, Jahrzehnten, Jahrhunderten schmolz das Wasser an der Oberfläche des Eisblocks ein wenig, und glitt an Stellen, an denen der Sand unter dem Eis leicht fortzuspülen war, unter den schweren riesigen Leib. So trat das Eis, wo eine Erhebung sein Vorankommen hinderte, als Wasser sich selbst unterlaufend, den Rückweg an und floß bergab. In kälteren Jahren war das Eis einfach nur da, lag und war schwer. Und wo es, schmelzend, in wärmeren Jahren Rinnen unter sich in den Boden gegraben hatte, da preßte es in den kälteren Jahren, Jahrzehnten, Jahrhunderten sein Eis mit aller Macht wieder hinein, um sie zu verschließen.

Als vor etwa achtzehntausend Jahren erst die Zungen des Gletschers zu schmelzen begannen und dann, während die Erde sich weiter erwärmte, überhaupt alle seine südlicheren Glieder, ließ er nur wenige Pfänder in der Tiefe der Rinnen zurück, Inseln von Eis, verwaistes Eis, Toteis wurde es später genannt.

Vom Körper, zu dem es einst gehört hatte, abgeschnitten und eingesperrt in die Rinnen, taute dieses Eis erst viel später, etwa um dreizehntausend vor Beginn der christlichen Zeitrechnung wurde es wieder Wasser, versickerte in der Erde, verdunstete in der Luft und regnete wieder herab, als Wasser begann es, zwischen Himmel und Erde zu kreisen. Wo es nicht tiefer dringen konnte, weil der Boden schon satt war, sammelte es sich über dem blauen Ton und stieg an, schnitt mit seinem Spiegel quer durch die dunkle Erde und wurde nur in der Rinne wieder sichtbar als klarer See. Der Sand, den das Wasser selbst vom Felsen gerieben hatte, als es noch Eis war, rutschte jetzt hier und da von den Seiten in diesen See und sank auf dessen Grund, so bildeten sich an manchen Stellen unterseeische Berge, an anderen Stellen blieb das Wasser so tief, wie die Rinne ursprünglich war. Eine Zeitlang würde der See jetzt inmitten der märkischen Hügel seinen Spiegel dem Himmel hinhalten, würde glatt daliegen zwischen Eichen, Erlen und Kiefern, die jetzt wieder wuchsen, viel später würde er, wenn es irgendwann Menschen gab, von diesen Menschen sogar einen Namen bekommen: Märkisches Meer, aber eines Tages würde er auch wieder vergehen, denn, wie jeder See, war auch dieser nur etwas Zeitweiliges, wie jede Hohlform war auch diese Rinne nur dazu da, irgendwann wieder ganz und gar zugeschüttet zu werden. Auch in der Sahara gab es einmal Wasser. Erst in der Neuzeit trat dort das ein, was man in der Wissenschaft als Desertifikation bezeichnet, zu deutsch Verwüstung.

Der Gärtner

Woher er gekommen ist, weiß im Dorf niemand. Vielleicht war er immer schon da. Er geht den Bauern bei der Veredelung ihrer Obstbäume im Frühling zur Hand, okuliert Wildlinge um Johannis auf treibende, oder im zweiten Safttrieb auf schlafende Augen, kopuliert die Äste der zu veredelnden Bäume oder schäftet sie an, je nach Dicke, bereitet die notwendige Mischung aus Harz, Wachs und Terpentin und verbindet die Wunde dann mit Papier oder Bast, jeder im Dorf weiß, daß die Bäume, die von ihm umgepfropft werden, beim weiteren Wachsen die regelmäßigsten Kronen zeigen. Im Sommer wird er von den Bauern als Schnitter und zur Aufstellung der Hocken geholt. Auch bei der Trockenlegung des dunklen Bodens der Parzellen am Seeufer fragt man ihn gern um Rat, er versteht sich darauf, die Zöpfe aus grünem Fichtenreisig zu flechten, steckt sie in der richtigen Tiefe in die Bohrlöcher zur Ableitung des Wassers. Er geht den Dorfleuten bei der Reparatur der Pflüge und Eggen zur Hand, schlägt im Winter mit ihnen gemeinsam Holz und zersägt die Stämme. Ihm selbst gehört kein Grund- und auch kein Waldstück, allein wohnt er in einer verlassenen Jagdhütte am Rande des Waldes, wohnt da schon immer, jeder im Dorf kennt ihn und dennoch wird er von den Leuten, jungen und alten, nur Der Gärtner genannt, als hätte er sonst keinen Namen.

Der Großbauer und seine vier Töchter

Wenn eine heiratet, darf sie sich ihr Brautkleid nicht selbst nähen. Auch in ihrem eigenen Haus darf das Brautkleid nicht hergestellt werden. Auswärts wird es genäht und beim Nähen darf keine Nadel zerbrechen. Der Stoff für ein Brautkleid darf beim Nähen nicht gerissen, er muß geschnitten werden. Ist beim Zuschneiden ein Fehler passiert, darf das Stück Stoff nicht mehr verwendet werden, es muß ein neuer Streifen vom gleichen Stoff nachgekauft werden. Die Schuhe für die Hochzeit darf die Braut sich nicht von ihrem Bräutigam schenken lassen, sondern muß sie sich selber kaufen, und zwar von den Pfennigen, die sie zuvor über lange Zeit hinweg gesammelt hat. Die Hochzeit darf nicht in der heißesten Zeit, also nicht an den Hundstagen stattfinden, aber auch nicht im wetterwendischen Monat April, die Wochen des Aufgebots vor der Hochzeit dürfen nicht auf die Marterwoche vor Ostern fallen, und bei der Hochzeit selbst soll Vollmond sein, oder wenigstens zunehmender Mond, der beste Monat für eine Hochzeit ist Mai. Einige Wochen vor dem Hochzeitstermin wird das Aufgebot bestellt und im Schaukasten ausgehängt. Die Freundinnen der Braut flechten Blumengirlanden und umkränzen damit den Kasten. Ist das Mädchen im Dorf beliebt, werden es drei oder mehr Ranken sein. Eine Woche vor dem Hochzeitstag wird mit dem Schlachten und Backen begonnen, aber die Braut darf auf keinen Fall ein Feuer im Ofen flackern sehen. Am Tag vor der Hochzeit kommen nachmittags die Kinder des Dorfes und poltern, sie werfen Geschirr in den Torweg, so daß es zerbricht, aber kein Glas, und bekommen von der Hochzeitsmutter Kuchen gereicht. Am

Polterabend bringen die Erwachsenen ihre Geschenke, sie sagen Gedichte auf und nehmen am Polterabendschmaus teil. Am Polterabend dürfen die Lichter nicht flackern, das bringt Unglück. Die Scherben am Torweg fegt die Braut am andern Morgen zusammen und wirft sie in eine Grube, welche der Bräutigam ausgehoben hat. Danach wird die Braut von ihren Freundinnen für die Hochzeit geschmückt, sie trägt Myrtenkranz und Schleier. Tritt das Brautpaar aus dem Haus, halten zwei Mädchen ein Blumengewinde, sie senken es nieder, das Brautpaar steigt darüber hinweg. Sodann erfolgt die Abfahrt zur Kirche. Die Pferde haben an den Außenseiten des Zaumes zwei Bänder, ein rotes für die Liebe, und ein grünes für die Hoffnung. Die Peitschen zeigen dieselben Bänder. Die Brautkutsche ist mit einer Ranke von Buchsbaum geschmückt, manchmal auch von Wacholder. Die Brautkutsche fährt als letzte hinter den Kutschen der Gäste, sie darf nicht stehenbleiben und auch nicht umkehren. Der Brautzug muß, wenn irgend möglich, vermeiden, am Friedhof vorüberzufahren. Die Brautleute dürfen sich während der Fahrt nicht umsehen. Regnen darf es, aber schneien sollte es nicht während der Fahrt. Soviel Flocken Schnee, / soviel Ach und Weh. Auch darf die Braut vor dem Altar nicht ihr Taschentuch fallenlassen, sonst gibt es in der Ehe viel Tränen. Auf dem Heimweg fährt der Brautwagen den anderen voran, er muß schnell fahren, sonst geht es in der Ehe den Krebsgang. Betritt das Brautpaar die Türschwelle des Hochzeitshauses, muß es über Eisen, also über eine Axt oder ein Hufeisen, treten. Beim Hochzeitsmahl sitzt das Brautpaar in einer Ecke, dem Brautwinkel, den es nicht verlassen darf. Die Stühle des Brautpaares sind mit Efeuranken geschmückt. Nach dem Mahl schleicht ein Bursche unter den Tisch und zieht der Braut einen Schuh ab, der zur Versteigerung kommt und am Ende vom Bräutigam ersteigert werden muß. Der Erlös kommt den Kochfrauen zu. Um zwölf Uhr nachts wird unter Singen der Schleier zerrissen und einem jeden Gast ein Stück davon als Andenken mit auf den Weg gegeben. Nach der Hochzeit bezieht das junge Paar die neue Wohnung. Dort haben gute Freunde ein Päckchen mit Brot, Salz und etwas Geld auf den Ofen gelegt, damit es nie an Nahrung und Geld fehle. Das Päckchen muß ein ganzes Jahr unberührt da liegenbleiben. Die zwei Worte, die bei einer Heirat am wichtigsten sind, lauten: Darf und muß, und darf, und muß, und darf, und muß. Die erste Arbeit der jungen Frau in der neuen Wohnung ist es, Wasser zu holen.

Der Schulze hat vier Töchter: Grete, Hedwig, Emma und Klara. Wenn er am Sonntag mit seinen Töchtern in der Kutsche durchs Dorf fährt, zieht er den Pferden weiße Strümpfe an. Der Vater des Schulzen war Schulze, und dessen Vater war Schulze, und dessen Vater war Schulze, und immer so weiter zurück bis sechzehnhundertundfünfzig. Der König selbst hat den Vater des Vaters des Vaters des Vaters des Schulzen zum Schulzen bestellt, und deshalb zieht der Schulze, wenn er am Sonntag mit seiner mit Töchtern vollbeladenen Kutsche durchs Dorf fährt, den Pferden weiße Strümpfe an. Grete, Hedwig, Emma und Klara sitzen auf der Kutsche, die ihr Vater selbst lenkt, die Pferde gehen im leichten Trab, und wenn die Erde noch feucht ist, dauert es nicht einmal bis zur Fleischerei, bis die weißen Strümpfe der Pferde bespritzt sind. Sonntag für Sonntag kutschiert nach dem Gottesdienst der Vater seine vier Töchter vom Kirchweg auf die Hauptstraße hinunter, an Fleischerladen und Schule vorbei, vorbei an der Ziegelei, nach der Ziegelei biegt er links von der Hauptstraße ab in den Uferweg, folgt dem Uferweg in nördliche Richtung bis hin zu dem Grundstück auf halber Höhe des Schäferbergs, das von allen im Dorf Klaras Wald genannt wird, weil es ihr Erbteil ist. Dort wendet der Vater die Kutsche, und während er wendet, springen die Mädchen im Sommer schnell ab, um auf der rechten Seite des Weges ein paar Himbeeren zu pflücken, der Wurrach, wie der Vater der vier Töchter im Dorf genannt wird, läßt aber, sobald er gewendet hat, seine Peitsche knallen, so wie er es auch werktags zu tun pflegt, wenn er mit der leeren Kutsche durchs Dorf jagt, um seine Knechte und Mägde zu Arbeit zu rufen, und sobald der Vater, der Wurrach, mit der Peitsche geknallt hat, springen die vier Schwestern auf ihre Plätze zurück, die Fahrt geht jetzt heimwärts, an Ziegelei, Schule und Fleischerladen vorbei, bis zum anderen Ende des Dorfes, hin zur Klotthofstelle, die der Vater von seinem Vater und der von seinem, und der von seinem und immer so weiter geerbt hat, zur Klotthofstelle, die der König um sechzehnhundertfünfzig herum dem Urahn des Wurrach zum Lehen gab, samt einigen Feldern.

Will eine Jungfer erfahren, ob sie bald heiraten wird, muß sie in der Sylvesternacht an den Hühnerstall klopfen. Meldet sich zuerst eine Henne, wird nichts draus, antwortet der Hahn, geht ihr Wunsch in Erfüllung. Den Zukünftigen kann sie in der Sylvesternacht zwingen, zu erscheinen. Will das Mädchen einen Schiffer heiraten, setzt es sich auf eine Karre, dann wird der Ersehnte bald erscheinen. Um einen Maurer zu ehelichen, nimmt das Mädchen auf einem Hauklotz Platz. Ergreift es dann Molle und Maurerkelle, kommt er bald herbei. Will sie einen Landwirt haben, nimmt sie Sense und Spaten zur Hand. Die Mutter einer heiratsfähigen Tochter ist bestrebt, Freier ins Haus zu locken. Das geschieht, indem sie die Spinnweben in der Stube absichtlich hängen läßt. Werden sie zerstört, nimmt man die Freier fort.

Die Mutter der vier Mädchen ist bei Klaras Geburt gestorben. Der Schulze hat keinen Sohn. Büdner und Häusler gibt es im Dorf, zwei Kossäthen und einige Bauern, aber nur einen Schulzen.

Grete heiratet nicht, weil der älteste Sohn des Bauern Sandke, mit dem sie sich verlobt hat, der einzige von den sechs Sandke-Söhnen, der für die Landwirtschaft ausgebildet ist, weil er den Sandkeschen Hof erben soll, unmittelbar vor der Hochzeit, zu seiner eigenen und auch zur Überraschung seines Vaters, vom Grundherren nicht zum Erben bestimmt wird. Die Hochzeit wird daraufhin ausgesetzt, und Gretes Verlobter besteigt, nachdem im September tatsächlich ein Schwager den Hof übernommen hat, in Bremerhaven ein Dampfschiff und fährt für 280 Mark über Antwerpen, Southampton, die Straße von Gibraltar, Genua, Port Said, den Suezkanal, das Rote Meer, Aden, Colombo und Adelaide nach Melbourne/Australien, wo er nach sechswöchiger Fahrt am 16. November 1892 mit einem Restvermögen von 8 Mark und einer goldenen Taschenuhr eintrifft, die er für 20 Mark verpfändet. Von Melbourne aus schreibt er dies in einem Brief an seine Verlobte, danach hört Grete nichts mehr von ihm, und die an den Wurrachschen Besitz angrenzenden Sandkeschen Felder sind für die Familie des Schulzen auf immer verloren.

Hedwig läßt sich mit einem Handarbeiter ein, der im Sommer auf der Klotthofstelle das Korn drischt. Als der Vater durch einen Nachbarn davon erfährt, stürzt er mitten am Tag in die Scheune, reißt dem Arbeiter seinen Dreschflegel aus der Hand und jagt ihn mit den Worten: Ick hol die Axt, ick schlag dir tot! vom Hof, bis zum Waldrand rennt er ihm nach, und im ganzen Dorf hört man seine Stimme, die vom vielen Befehlen sehr groß, beinahe schon ausgeleiert ist und sich deshalb so anhört wie die Stimme eines Betrunkenen: Ick hol die Axt, ick schlag dir tot! Als er zum Hof zurückkommt, sperrt er Hedwig für einige Tage in die Räucherkammer auf dem Dachboden ein, wo sie ihr Kind verliert, das zu der Zeit noch nichts weiter ist als ein kleiner blutiger Klumpen.

Emma, die drittälteste Tochter des Schulzen, hätte sicher zum Schulzen getaugt, wenn sie als Mann auf die Welt gekommen wäre. Sie geht dem Vater bei allem zur Hand, entscheidet, wenn er abwesend ist, über die Kontributionen der Dörfler, stellt Knechte und Mägde ein, überwacht Holzungen, Felder und Vieh. Über eine Heirat von Emma ist niemals von irgend jemandem, weder in der Familie, noch im Dorf, je ein Wort verloren worden.

Klara nun, der jüngsten Tochter des Schulzen, steht als Erbteil der Wald am Schäferberg zu, der Wald grenzt unten an den See, oben an die Wiese mit den Himbeersträuchern, die zum Gut gehört, zur Rechten an die Ländereien des alten Warnack und schließlich zur Linken an die Wiese eines Büdners, der wegen unrechtmäßiger Behütung dieser Wiese, die der Wurrach für sich beansprucht, seit Jahren mit Klaras Vater im Streit liegt. Unter diesen gegebenen Umständen wird Klaras Wald vom Vater als eine Insel angesehen, deren Zusammenlegung mit anderen Flächen durch Heirat nicht ansteht.

Als der Fischer an ihrem Ufer anlegt, weiß Klara nicht, was sie sagen soll. Auch der Fischerbursche sagt nichts, er wirft ihr nur das Seil zu, sie fängt es auf und bindet es um eine Erle. Es ist Zufall, daß sie ausgerechnet heute in ihrem Wald ist. Zur Kutschfahrt hat der Vater seine Töchter seit dem Mißgeschick, das Hedwig passiert ist, nie wieder geladen. Heute ist Klara allein und zu Fuß hier, sie hat oben auf der Wiese Himbeeren gepflückt und ist dann zwischen den Büschen und den Bäumen, die ihr gehören: Eichen, Erlen und Kiefern, den Hang hinunterspaziert, um das Glitzern des Wassers zu sehen, denn von der Klotthofstelle hat man nicht einmal im Winter, wenn die Bäume unbelaubt sind, einen Blick auf den See.

Der unbekannte Fischer reicht ihr die Hand, sie hilft ihm beim Aussteigen aus dem schwankenden Boot und läßt dann wieder los. Erst, als er ihr die Hand ein zweites Mal hinreicht, versteht sie, daß er weiter geführt sein will. Auf halber Höhe des Hangs, wo die Erde nicht ganz so schwarz und das Gras trockener ist, wird es wohl einen Platz geben für sie und den Fischer, dessen Haare so naß sind, daß das Wasser auf seine Schultern tropft und ihm die Arme hinabrinnt bis dahin, wo sich seine Finger mit den ihren verschränken. Erst jetzt, während sie einen Platz sucht, wo sie sich mit ihm niederlassen kann, fällt ihr auf, wieviel Leute um sie herum auf diesem Waldstück sind, überall, wo ein schöner Platz zum Ausruhen wäre, sitzt oder steht schon jemand, manche liegen im Schatten und schlafen, andere machen Vesper, wieder andere lehnen an einem Baum, rauchen und blasen Ringe in die Luft. Wohl weil diese Leute alle so still sind, hat sie sie zuvor nicht bemerkt. Auf einem Sonnenfleck unter der großen Eiche wächst so ein Gras, wie sie es gern hat, trockenes, hohes Gras, Büschel für Büschel, und als sie sich dort hinkniet und den Fischer zu sich hinabzieht, rühren die anderen sich endlich, legen ihre Brote, Äpfel und hartgekochten Eier zurück in die Körbe, falten die Decken zusammen und erheben sich in aller Ruhe, während jene, die an den Baumstämmen lehnen, nun ihre Zigaretten zu Boden werfen und die Kippen austreten. Nach und nach wenden sich alle zum Gehen hangaufwärts und verlassen den Ort, ohne ein Wort zu Klara und ihrem Fischer zu sagen oder etwa zu grüßen. Der Fischer legt ihr, des Schulzen jüngster und bislang unverheirateter Tochter, seinen Kopf in den Schoß, und sie beginnt, mit ihrem Rock seinen nassen Schopf trockenzureiben. Hinter der Eiche, direkt in ihrem Rücken, erheben sich jetzt noch zwei letzte stumme Besucher des Waldstücks, die sie zuvor übersehen hatte, und gehen auch fort.

Rot ist die Geburt, / grün ist das Leben, / weiß ist der Tod.
Ich kenn ein Tierchen, / das heißt Manierchen. / Manierchen heißt das Tierchen. / Es trägt die Knochen über'm Fleisch.
In unserm Keller liegt ein Mann, / der hat hundert Röcke an.
Auf unserm Boden gehet was, / es tippelt nicht, es tappelt nicht.
Weiß schmeißt mans auf's Dach, / und gelb kommt es wieder runter.
In unserm Garten steht ein Schimmel, / hält den Schwanz bis in den Himmel.

Eine Königin trank Tee. / Da schwammen drei Reh /
über den See. / Wie hieß die Königin?
Ich armer Soldat muß Schildwach stehn, / hab keine Beine
und muß doch gehen, / hab keine Hände und muß
doch schlagen / und allen Leuten die Wahrheit sagen.
Loch an Loch. / Halten tut es doch.

Am Anfang fällt den Schwestern nichts weiter auf, als daß Klara sie jetzt manchmal am Morgen besonders höflich begrüßt und sich nach ihrem Wohlergehen erkundigt, so als seien sie Fremde, oder als sei sie ihnen längere Zeit nicht begegnet. An anderen Tagen dreht sie dafür den Kopf weg, wenn die Schwestern ihr einen Guten Morgen wünschen. Das zweite, was den Schwestern und auch den Leuten im Dorf auffällt, ist, daß Klara mit dem Kübel, in dem die Abfälle für die Schweine sind, oft vom Hof geht, statt ihn im Stall auszuleeren. Mit dem Kübel in der Hand durchquert sie das Dorf, geht an Fleischerladen und Schule vorbei, und biegt nach der Ziegelei linkerhand in den Uferweg ein. Der alte Warnack, dessen Gelände zur Rechten an Klaras Wald grenzt, berichtet dem Wurrach, daß Klara immer erst dort ihren Kübel ausleere, irgendwo im Gebüsch, und dann setze sie sich ins Gras, den Rücken angelehnt an die Eiche, die Füße hochgelegt auf den umgekehrten Kübel, rede sie mit der Luft oder sei einfach still. Nachdem der Vater ihr verbietet, den Hof zu verlassen, beginnt sie, sich auf der Klotthofstelle zu verstecken. Sie hockt sich hinter die Büsche und Bäume des Gartens, oder unter Bretter, die angelehnt irgendwo stehen, steigt auch in Fässer und Truhen. Überall auf dem Hof und dem Grundstück müssen die Schwestern und das Gesinde gewärtig sein, auf Klara zu stoßen. In irgendeinem Versteck hört man sie jetzt oft heulen und streiten, zieht man sie daraus hervor, ist sie jedoch stets still und freundlich. Als Grete einmal die Kammertür aufmacht, um einen Besen zu nehmen, steht Klara in dem engen Gelaß und lächelt ihr ruhig entgegen, als habe sie im Dunkel schon längst auf die Schwester gewartet. Ein andermal greift sie beim Mittagessen mit der Hand in die Schüssel und streicht sich im Beisein aller den heißen Brei um ihren Mund, als wolle sie den Eingang absichtlich nicht finden, aber auch dabei lächelt sie und ist es zufrieden. Für einen Augenblick wird es da am Tisch des Schulzen sehr still. Eine Zeitlang will sich jetzt kaum mehr ein Knecht oder eine Magd beim mächtigen Wurrach verdingen, denn es heißt viel, sich für den möglichen Angriff von einer, die aus der Welt des Benehmens ausgeschert ist, zu wappnen. Die Schwestern legen alle spitzen Messer in eine verschließbare Lade, die Knechte ihre Äxte oben auf den Schrank in der Tordurchfahrt, wo eine Frau ohne Tritt nicht heranlangt, und in Klaras Zimmer schraubt der Vater die Fenstergriffe und die innere Türklinke ab, während der Nächte verschließt er die Tür eigenhändig von außen. Während der Nächte dreht Klara, die letzte Tochter des Schulzen, manchmal ihren Nachttopf um und beginnt, darauf zu trommeln.

Das ist der Schlüssel zum Garten, / Worauf drei Mädchen warten. / Die erste hieß Binka. / Die zweite hieß Bibeldebinka. / Die dritte hieß Zickzettzack Nobel de / Bobel de Bibel de Binka. / Da nahm Binka einen Stein / Und warf Bibeldebinka / Ans Bein. / Da fing Zick, Zett, Zack, / Nobel de Bobel de Bibel de Binka / bitterlich an zu wein'n.

Und dann geschieht nichts weiter, als daß Grete und Hedwig und Emma und auch Klara älter werden, und ihr Vater alt. Geschieht nichts weiter, als daß in Klaras Wald ein Ast von der alten Eiche abbricht, im Gras liegenbleibt und verrottet. Sind alle Dorfbewohner längst daran gewöhnt, daß die Olle Schulzen, wie Klara von den Dorfbewohnern inzwischen genannt wird, manchmal durchs Dorf hinkt, zwei verschiedene Schuh an den Füßen oder sogar überhaupt nur auf Strümpfen, geht sie bis zum Fleischer, bis zur Schule, bis zur Ziegelei, aber nie weiter, und wenn man sie fragt: Wohin?, gibt sie zur Antwort: Ick weeß nich.

Vergangenen Handschuh / Verlor ich meinen Herbst. / Ich mußte drei Tage finden, / ehe ich ihn suchte. / Da kam ich an einem Garten vorbei, / da stand ein Herr. / An dem Herrn saßen drei Tische. / Da nahm ich meinen Tag ab / und sagte: Gute Hut, meine Herren. / Da lachten die Herren so anzufingen, / daß ihnen der Platz bauchte.

Das erste Drittel von Klaras Wald verkauft der alte Wurrach an einen Kaffee- und Teeimporteur aus Frankfurt an der Oder, das zweite Drittel an einen Tuchfabrikanten aus Guben, der seinen Sohn in den Kaufvertrag einsetzt, um dessen Erbteil anzulegen, das dritte Drittel schließlich, das, auf dem die große Eiche steht, verkauft der Wurrach einem Berliner Architekten, der bei einem Dampferausflug diesen mit Bäumen und Büschen bestandenen Hang entdeckt hat und dort für sich und seine Verlobte ein Sommerhaus bauen will. Der Schulze kommt erst mit dem Kaffee- und Teeimporteur, dann mit dem Tuchfabrikanten und schließlich mit dem Architekten über soundsoviele Quadratmeter ins Gespräch, zum ersten Mal in seinem Leben mißt er Grund nicht in Hufen und Hektar, zum ersten Mal in seinem Leben spricht er von Parzellen. Mehrere hundert Jahre lang hieß Klaras Wald eine Holzung, alle dreißig Jahre wurde rings um die große Eiche alles gefällt und dann wieder aufgeforstet, jetzt sollen etliche der Bäume, so wie sie da sind, für immer bleiben, die Verlobte des Architekten sagt: Um Schatten zu spenden. Während der Vater über den Preis für das dritte Drittel verhandelt, hinkt Klara, von allen genannt Olle Schulzen, wie immer durchs Dorf, an dem einen Fuß einen Schuh, den anderen Fuß nur bestrumpft, hinkt sie am Fleischer, dann an der Schule vorbei, dann an der Ziegelei, und später wieder zurück. Bei Einbruch der Dunkelheit fällt zum ersten Mal Schnee. Der alte Wurrach unterschreibt als Verkäufer der dritten Parzelle auf dem Schäferberg im Namen seiner entmündigten Tochter, für den Architekten unterschreibt als neue Eigentümerin dessen junge Verlobte.

Emma entdeckt erst am nächsten Tag Klaras Spuren im frischgefallenen Schnee, bei der öffentlichen Badestelle führen sie geradenwegs ins graue Wasser hinein, immer abwechselnd ein Schuh, ein Strumpf, ein Schuh, ein Strumpf, ein Schuh. Wenig später wird auch ihr Leichnam gefunden, am Ufer der Ziegelei hat er sich in den freigespülten Wurzeln einer alten Kiefer verhakt. Der Pfarrer will der Selbstmörderin ein christliches Begräbnis versagen, aber das läßt der Schulze, der trotz seines hohen Alters inzwischen Ortsbauernführer geworden ist, nicht gelten.

In dem Hause, in dem ein Todesfall erfolgt, hält man sofort die Uhr an. Der Spiegel wird verhängt, sonst sieht man zwei Tote. Man öffnet die oberen Fenster und löst, falls keine Dachluken vorhanden sind, einen Dachziegel, damit die Seele hinausfahren kann. Der Tote wird gewaschen und umgekleidet. Der Mann erhält einen schwarzen Gehrock, die Frau ihr schwarzes Kleid. Dem Toten werden Schuhe angezogen. Eine Jungfrau beerdigt man im Schmuck der Braut mit weißem Kleid, Myrtenkranz und Schleier. Der Tote wird auf Stroh gebettet. Auf das Gesicht legt man ihm einen mit Branntwein oder Essig getränkten Lappen. Auf den Leib kommen Brennesseln, um das Blauwerden zu verhüten. Zu beiden Seiten der männlichen Leiche legt man je eine Axt. Die weibliche Leiche erhält eine Axt auf den Leib, den Stiel nach den Füßen gerichtet. Beim Einsargen werden die Äxte fortgenommen. Das Gefäß mit dem Leichenwasser wird unter einer Regengosse vergraben. Das Stroh, auf dem der Tote gelegen hat, und seine alten Kleider werden verbrannt oder vergraben. Der Tod wird den Tieren in den Ställen und den Bäumen im Garten angesagt mit den Worten: Euer Hauswirt ist tot. Ehe der Sarg über die Schwelle hinausgetragen wird, stellt man ihn dreimal nieder. Um der Seele den Eingang zu wehren, werden, wenn er über die Schwelle ist, sofort Fenster und Türen geschlossen. Man gießt Wasser auf den Fußboden und fegt die Stube mit einem Besen. Die Stühle, worauf der Sarg gestanden hat, werden umgekehrt und auf den Fußboden gelegt. Um jegliche Wiederkunft zu verhindern, wird dem sich fortbewegenden Leichenzug Wasser aus einer Schüssel nachgegossen, wie man es auch macht, wenn der Arzt oder der Abdecker das Gehöft verläßt.

Der Gärtner

Als die ersten Ferienhäuser am Ufer des Sees gebaut werden, etliche davon mit Reet gedeckt, hilft der Gärtner, sobald der See vereist ist, beim Schilfschneiden für die Dächer, auch dabei zeigt er ungewöhnliches Geschick, die gefrorenen Stengel springen vor ihm wie Glas, er handhabt das Brett, das zum Abschieben der Halme verwendet wird, so gekonnt, daß der Dachdecker ihm kaum glauben mag, daß er noch nie jemandem bei der Schilfernte zur Hand gegangen sei. Mit großer Kraft schlägt er nach der Ernte die Halme über dem linken Knie aus, ohne je zu ermüden, die kurzen Stücke und Reste von Gras fallen alsbald heraus, und die sauberen Bündel legt er beiseite.

Der Gärtner spricht wenig, und zu den Ereignissen im Dorf äußert er sich überhaupt nie, sei es, daß jemand im See ertrunken ist, daß irgendein Büdner einen Grenzstein heimlich versetzt, oder Schmeling den amerikanischen Boxer Louis in der 12. Runde k. o. geschlagen hat. Mensch, unser Schmeling, sagt der Dachdecker von seinem Deckstuhl zum Gärtner hinunter, der ihm die Bündel hinaufreicht, unser Schmeling gegen den braunen Bomber, das war was, oder hast du etwa kein Radio. Der Gärtner schüttelt den Kopf. Das Haus, auf dessen Dach der Dachdecker gerade sitzt, ist das Haus von Schmeling. Bei Thoracken habe ich auch schon gedeckt, hatte der Dachdecker ganz am Anfang ihrer Zusammenarbeit zum Gärtner gesagt, vielleicht, um den für seine Schweigsamkeit bekannten Gärtner zu beeindrucken und dadurch zum Sprechen zu bewegen, aber der Gärtner wußte wahrscheinlich gar nicht, wer

Thorack war, jedenfalls hatte er auch da nur genickt und geschwiegen.

Manchen im Dorf ist der Gärtner wegen dieses Schweigens nicht ganz geheuer, sie nennen ihn kalt, nennen seinen Blick fischig, vermuten Anflüge von Wahnsinn hinter der hohen Stirn. Andere wieder halten dagegen, er spreche zwar mit den Menschen nur das Notwendigste, wenn er sich aber in einem Garten oder auf einem Feld allein wähne, hätten sie deutlich gesehen, wie er fortwährend die Lippen bewegte, während er harkte, grub, jätete oder Pflanzen beschnitt und begoß – er plaudere nun einmal lieber mit dem Grünzeug. In seine Hütte läßt er niemanden ein, Kinder, die durchs Fenster spähen, während er nicht zu Hause ist, sehen nur Tisch, Stuhl, Bett und einige Kleidungsstücke, die über Haken geworfen sind. Auch das Haus schweigt also, wie sein Besitzer, und wie bei allem Schweigen kann das zwar heißen, daß es ein Geheimnis verbirgt, aber ebenso, daß es einfach sehr leer ist.

Als das Reetdach auf dem Haus, das ein Berliner Architekt für sich und seine Frau auf dem Grund der Klara Wurrach bauen läßt, schon beinahe fertig ist, der Dachdecker und der Gärtner machen gerade Pause, bevor sie die letzten Schilfbünde ins Dach einarbeiten wollen, gesellt sich der zukünftige Hausherr zu ihnen und fragt die beiden Dörfler, ob sie vielleicht jemanden aus der Gegend wüßten, der bei der Umwandlung des Waldes in einen Garten behilflich sein könnte. Und, wie nicht anders zu erwarten, empfiehlt der Dachdecker den neben ihm sitzenden Gärtner, der seinerseits schweigt, dann aber, indem er dem Architekten kurz zunickt, sein Einverständnis bekundet.

Gartenarchitekt ist der Vetter des Hausherrn selbst, der im benachbarten Kurort wohnt und nun täglich hinüberkommt, um mit dem Hausherrn und dem Gärtner die Pläne durchzusprechen und die Arbeiten zu beaufsichtigen. Auf der oberen ebenen Fläche zwischen Haus und See soll der Kiefernwald gerodet und Mutterboden aufgeschüttet werden, damit der Rasen gut anwächst. Eingefaßt werden soll der linke, kleinere Teil der Wiese, direkt vor dem Haus, von Nadelgehölzen und schwarzem Holunder, ein Rosenbeet nur wird ihn von der Terrasse trennen.

Der größere Teil der Wiese, zur Rechten des Weges, der zum Wasser hinabführt, wird hinten durch den hölzernen Zaun zum naturbelassenen Nachbargrundstück, zum Hang hin durch die große Eiche und eine Gruppe von Tannenbüschen, zur Hausseite durch Forsythien, Flieder und einige Rhododendren, und schließlich zum Sandweg hin von Büschen begrenzt werden, die auf der Feldsteinumfassung des Grundstücks anzupflanzen sind.

Einige wenige neue Bäume sollen zum Eindruck einer natürlichen Stufung beitragen, so am Rande der linken Wiese ein Rotdorn, am Rande der rechten eine japanische Kirsche, ein Walnußbaum und eine Blaufichte – jeweils an den Übergängen zu Büschen und größeren, im Hintergrund schon vorhandenen Bäumen gesetzt.

Der Hang zum See hin wird zusätzlich zu den Kiefern, jungen Eichentrieben und Haselnußbüschen, die von Natur aus hier wachsen, dicht mit weiteren Sträuchern bepflanzt werden und dadurch größeren Halt bekommen.

Durch einen mit gebrochenen Natursteinplatten belegten Weg, der in achtmal acht Stufen den Hang hinabführen soll, bleibt der Zugang zum See gewahrt.

Da die Fläche unten am Wasser durch die Erlen, die den Uferstreifen bewachsen, besonders schattig und feucht ist, weist der Gartenarchitekt in Absprache mit dem Hausherrn den Gärtner an, dort einige der Bäume zu fällen und den Streifen trockenzulegen. Um diesen Platz, der zum Verweilen nicht wirklich einlädt, dennoch sinnvoll zu nutzen, entscheidet der Hausherr, dort nach seinen Plänen eine Werkstatt und einen Holzschuppen errichten zu lassen. Wo später ein Steg aufgestellt werden kann, wird man sehen.

Jede der beiden oberen Wiesen wird durch die natürliche Einfassung zur Bühne, sagt der Gartenarchitekt zu seinem Vetter, dem Hausherrn, während der Gärtner eine Schubkarre mit Komposterde auf das zukünftige Rosenbeet vor der Terrasse ausleert. Der Hausherr sagt: Im Grunde kommt es ja immer nur darauf an, den Blick zu lenken. Und auf den Wechsel, sagt der Gartenarchitekt: Licht und Schatten, freie Fläche, dichter Bewuchs, das Schauen von oben, das Hinaufblicken von unten. Der Gärtner verteilt mit der Kante der Schaufel die Erde gleichmäßig auf dem Beet. Die Vertikale und die Horizontale müssen in einem gesunden Verhältnis zueinander stehen, sagt der Hausherr. Genau, sagt der Gartenarchitekt, und deshalb könnte dieses stufenförmige Abfallen zum Wasser hin, wie es hier von Natur aus gegeben ist, nicht besser sein. Der Gärtner schiebt die leere Karre davon. Die beiden Männer stehen auf der Terrasse und blicken von da aus nach unten auf den See, der zwischen den rötlichen Stämmen der Kiefern hindurch glänzt und schimmert. Der Gärtner schiebt die nächste mit Erde gefüllte Karre heran und leert sie aus. Die Wildnis bändigen und sie dann mit der Kultur zusammenstoßen lassen, das ist die Kunst, sagt der Hausherr. Genau, sagt sein Vetter und nickt. Der Gärtner verteilt mit der Kante der Schaufel die Erde gleichmäßig auf dem Beet. Sich der Schönheit, unabhängig davon, wo man sie findet, zu bedienen, sagt der Hausherr. Genau. Der Gärtner schiebt an den beiden Männern, die auf der Terrasse stehen und schweigen, seine leere Schubkarre vorüber.

Der Gärtner fällt also einige Kiefern, zersägt sie und stapelt das Holz im Schuppen auf, er rodet die Wurzeln und schüttet eine reichliche Schicht Mutterboden auf den märkischen Sand, der Gärtner legt den Weg an zwischen der kleinen und der großen Wiese, und dann abwärts, achtmal acht Stufen, gebrochener Sandstein, natur, er sät Gras, pflanzt die Rosen, pflanzt Sträucher als Umfassung der kleinen und der großen Wiese, pflanzt Büsche am Hang, setzt Rotdorn, Walnuß, japanische Kirsche und Blaufichte ein, beim Graben stößt er nach einer dünnen Schicht aus Humus auf die Ortsteinschicht, die muß mit dem Spaten durchschlagen werden, denn erst darunter verläuft die grundwasserführende Sandschicht, und unter dieser Sandschicht schließlich liegt blauer Ton, wie er hier überall in der Gegend vorkommt. Früher einmal überspülte der See auch diese Anhöhe, die im Volksmund Schäferberg heißt, nichts anderes war der Schäferberg vor Jahrtausenden als eine Untiefe, wie es heute noch unter der Wasseroberfläche der Gurkenberg ist oder das Schwarze Horn, der Keperling, der Hoffte, der Bulzenberg, der Nacklige oder Mindachs Berg. In der unter dem Ortstein noch immer wellenförmigen Sandschicht, auf die der Gärtner beim Ausheben der Löcher stößt, haben sich die Winde, die damals über das Wasser strichen, verewigt. Bis auf eine Tiefe von 80 Zentimeter hebt der Gärtner die Pflanzlöcher aus und füllt Komposterde hinein, damit Sträucher, Büsche, japanische Kirsche, Rotdorn, Blaufichte und Walnuß gut gedeihen. Der Gärtner fällt unten am Ufer fünf Erlen, rodet die Wurzeln, flicht Zöpfe aus grünem Fichtenreisig und setzt sie in die Bohrlöcher, um den schwarzen Grund trockenzulegen. Der Gärtner gießt Rosen, Sträucher und junge Bäume während des Sommers zweimal am Tag, einmal in aller Frühe und einmal, wenn es dämmert, er gießt die kahle Erde auf beiden Wiesen so lange, bis das Gras zu sprießen beginnt.

Der Gärtner beschneidet alle Büsche auf der Feldsteinumfassung im Herbst, Forsythien und Flieder im drauffolgenden Frühjahr gleich nach der Blüte. Er jätet das Unkraut zwischen den Rosen, er beschneidet die Rosen, er läßt sich von den Bauern Rinderdung geben und düngt damit Rotdorn, Walnuß und japanische Kirsche, auch Forsythien, Flieder und Rhododendren, er gießt die Rosen und Sträucher während des Sommers zweimal am Tag, einmal in aller Frühe und einmal, wenn es dämmert, er stellt auf jeder der Wiesen einen Rasensprenger auf, der sich zweimal täglich eine halbe Stunde lang hin- und herneigt, einmal in aller Frühe und einmal, wenn es schon dämmert, der Gärtner schneidet alle zwei oder drei Wochen das Gras. Im Herbst sägt er mit einer langen Säge die trockenen Äste von den großen Bäumen, räuchert die Maulwürfe aus, im Herbst harkt er das Laub von der Wiese und verbrennt es, am Ende des Herbstes entleert er alle Wasserrohre im Haus und dreht den Haupthahn ab, im Winter heizt er das Haus vor, wenn der Architekt und seine Gattin kommen, und stellt das Wasser für die Zeit ihres Besuchs wieder an.

Der Architekt

Es ist schon bitter, daß er jetzt alles eingraben muß. Das Meißner Porzellan, seine Zinnkrüge und das Silberbesteck. Als sei Krieg. Er weiß selbst nicht, ob er etwas begräbt oder nur Vorräte anlegt für seine Wiederkehr. Auch, ob das beides im Grunde nicht vielleicht dasselbe ist. Überhaupt weiß er jetzt viel weniger, als er einmal wußte. Seine Frau hatte unmittelbar vor dem Einmarsch der Russen ebendieses Geschirr, diese Zinnkrüge und dasselbe Silberbesteck schon einmal in Kisten verpackt, war aber damals mit den Kisten auf den See hinausgerudert und hatte alles im Wasser versenkt, auf der Untiefe des Nackligen, die sie vom Schwimmen her kannte. Das war die Stelle mitten im See, die so flach war, daß sie sich im Sommer beim Schwimmen weit draußen immer plötzlich mit den Füßen in Algen verhedderte und dann lachend so tat, als ob sie ertrinke. Den Russen war auf der Suche nach dem, was versteckt sein könnte, nur eingefallen, mit langen Stangen im Rasen und in den Beeten zu stochern, und während sie stocherten, wusch der See in aller Ruhe den Staub von den sicher vor ihnen bewahrten Schätzen. Die neuen Bewohner des Hauses werden mehr Zeit haben zum Schwimmen.

Er hat Glück, daß in diesem Jahr der Winter so mild ist, daß er mit dem Spaten überhaupt in die Erde hineinkommt. Seine Zinnkrüge begräbt er zwischen den Wurzeln der großen Eiche, das Meißner unter einem Tannenbusch, und das Silberbesteck im Rosenbeet gleich beim Haus. Ruhet in Frieden. Er weiß, daß er mit den von der Erde geschwärzten Nagelrändern schon in zwei Stunden in der S-Bahn nach Westberlin sitzen wird. Der Architekt schüttet die Löcher zu und fragt sich, ob jetzt aus den Zinnkrügen Zinnkrüge wachsen werden, aus den Tellern und Tassen Teller und Tassen, und aus Gabeln, Messern und Löffeln Gabeln, Messer und Löffel, aufschießend zwischen den Rosen. Er überlegt, ob er den Spaten am Ende auch eingraben soll und mit seinen bloßen Händen diese, die letzte Grube zuscharren. Weiß wirklich nicht mehr, was er irgendwann einmal wußte: Was als Schatz zu bezeichnen ist, und was nicht. Ob es ihn bei der Rückkehr, wenn es denn eine geben sollte, wirklich glücklicher machen würde, das Meißner Porzellan wiederzufinden, als diesen Spaten für zwei Mark fünfzig, dessen hölzernen Stiel sein Gärtner im Laufe der letzten zwanzig Jahre blankgegriffen hat. Aber so ein hölzerner Stiel würde ohnehin von den Würmern gefressen. Also läßt er ihn unbestattet, bringt ihn wie sonst zurück in den Werkzeugschuppen unten am Wasser, wo der Spaten seit zwanzig Jahren seinen Platz hat zwischen Harken, Rechen, Hacken und Schaufeln. Schließt den Werkzeugschuppen ab, am Schlüssel baumelt der goldene Blinker, den er früher zum Fischen benutzt hat, geht die flachen, steinernen Stufen wieder hinauf, hängt den Schlüssel ans Schlüsselbrett in der Stube, spült die Hände im Bad ab, mit den von der Erde noch immer geschwärzten Nagelrändern wird er in zwei Stunden in der S-Bahn nach Westberlin sitzen, zieht die Kurbel für die Fensterläden ein letztes Mal aus der Wand und schließt die Läden von innen mittels des verborgenen Mechanismus, den er als junger Mann einmal selber erfunden hat, um seine Frau zum Lachen zu bringen.

Einmal noch geht er die Treppe hinauf, sie knarrt bei der zweiten, der siebenten und der vorletzten Stufe, geht am Zimmer seiner Frau vorüber, aus dem riecht es, so wie sonst, nach Pfefferminz und nach Kampfer, der Weg zu seinem Atelier führt durch das dämmrige Schrankzimmer, ein kleines Fenster hat er dort eingebaut, halbrund, vom Strohdach beschattet wie ein Auge, vor kurzem erst ist ihm an diesem Fenster ein Marder erschienen. Der Marder hat durch das Auge ins Haus hineingesehen, und er durch das Auge hinaus, Tier und Mensch beide einen Moment lang starr, dann war das Tier weggehuscht. Die Milchglasscheiben, die er in zweimal drei Kassetten in die Tür zu seinem Atelier hat einarbeiten lassen, klirren ihm ein letztes Mal leise entgegen, er öffnet die Tür und tritt ein, steht ein Weilchen hinter dem Zeichentisch und blickt hinunter zum See, auf dem Tisch liegen noch Zeichnungen für seinen ersten Bau in der Mitte Berlins, den wichtigsten Auftrag in seinem Leben als Architekt, den Auftrag, der ihn jetzt zu Fall gebracht hat. Im Gebälk hört er die Marder scharren. Die Marder bleiben.

Er geht die Treppe wieder hinunter, abwärts knarrt sie bei der zweiten, der fünfzehnten und der vorletzten Stufe, ins Ende des Handlaufs hat er selbst Trauben und Weinblätter geschnitzt. Abschließen. In seiner Hosentasche klimpert der Schlüssel, mit dem sich alle Türen des Hauses, auch das Bienenhaus und der Holzschuppen öffnen und schließen lassen, Zeiß Ikon, Sicherheitsschlüssel, deutsche Wertarbeit bis auf den heutigen Tag. Abschließen. Gehen durch die Stube, helle Sandsteinplatten unter seinen Schritten, fünfzig mal fünfzig, die Klinke an der Tür zum Vorraum aus Messing, abgeflacht oben, zum Auflegen der Hand, gerillt an den Seiten, um für den Daumen griffig zu sein, beim Niederdrücken gibt sie, wie immer, ein metallenes Seufzen von sich, die Sandsteinplatten unter seinen Schritten im Eingangsbereich dreißig mal dreißig, die Vögel auf der Tür zur Besenkammer fliegen, fliegen seit einem Jahrhundert, die Blumen blühen seit einem Jahrhundert, die Weintrauben hängen herab, der Garten Eden in zwölf quadratischen Kapiteln, aus einem alten Gutshaus hat er die Tür damals ausgebaut, Schrubber, Besen, Eimer, Handfeger und Kehrblech, die sie verbirgt, macht sie durch ihre Schönheit vollkommen vergessen. Den Blick lenken, hat er immer gedacht, den Blick lenken. In der Küche tropft ein Wasserhahn, den noch zudrehen. Durch die Butzenscheiben hinausblicken auf Sandweg und Bäume. Das farbige Glas färbt selbst die kahlen Bäume noch grün, den Blick lenken, der erste Tag im neuen Jahr, der Gärtner schläft noch, niemand spaziert. Prosit Neujahr. In zwei Stunden wird er in der S-Bahn nach Westberlin sitzen.

Abschließen. Abschließen und den Schlüssel steckenlassen. Sie sollen ihm keinen Knochen zerbrechen. Die Tür nicht zerbrechen, die Gitter, mit denen das Glas der Eingangstür geschützt ist, bloß nicht aufbiegen oder zersägen, rot und schwarz sind diese Gitter gestrichen, genauso wie die Gitter an der von ihm ausgestatteten Reichssegelflugschule, die kurz nach dem Ende des Krieges noch gesprengt wurde, keiner wußte, warum. Abschließen. Drei Dimensionen waren bisher sein Beruf, Höhe, Breite und Tiefe, hoch, breit und tief wollte er bauen, aber die vierte hat ihn jetzt eingeholt, die Zeit, und die jagt ihn jetzt aus seinem

Gehäuse. Übers Wochenende verhaften wir niemanden, hatte der Beamte gesagt, und ihn noch einmal entlassen, umgebracht werden also sollte er nicht, nur weg sollte er, raus, fort, bleiben, wo der Pfeffer wächst, zum Teufel sich scheren: In zwei Stunden wird er in der S-Bahn sitzen, die ihn nach Westberlin bringt. Fünf Jahre mindestens, hatte der Beamte gesagt, für die Tonne Schrauben, die er von seinem eigenen Geld im Westen gekauft hat, um im Osten zu bauen, eine Tonne messingne Schrauben für den wichtigsten Bau seines Lebens: An der Friedrichstraße in Berlin-Mitte. Einen Bau für den Staat, der ihn jetzt davonjagt. Viel weniger weiß er, als er einmal wußte.

Heimat planen, das ist sein Beruf. Vier Wände um ein Stück Luft, ein Stück Luft sich mit steinerner Kralle aus allem, was wächst und wabert, herausreißen, und dingfest machen. Heimat. Ein Haus die dritte Haut, nach der Haut aus Fleisch und der Kleidung. Heimstatt. Ein Haus maßschneidern nach den Bedürfnissen seines Herrn. Essen, Kochen, Schlafen, Baden, Scheißen, Kinder, Gäste, Auto, Garten. Ob all das – oder das und das nicht, umrechnen in Holz, Stein, Glas, Stroh und Eisen. Dem Leben Richtungen geben, den Gängen Boden unter den Füßen, den Augen einen Blick, der Stille Türen. Und das hier war sein Haus. Für sein und seiner Frau Sitzen hatte er die beiden Stühle mit den ledernen Kissen entworfen, für sein und seiner Frau Betrachten des Sonnenuntergangs die Terrasse mit Blick über den See, die ihm und seiner Frau gemeinsame Freude, Gäste zu empfangen, war als lange Tafel in der Stube sichtbar geworden, seinem und ihrem Frieren im Winter galt der Kachelofen aus Holland, seiner und ihrer Müdigkeit nach dem Eislaufen die Bank vor dem Ofen, sein Zeichnen am Zeichentisch schließlich war, wenn man so wollte, das Atelier. Und jetzt mußte er froh sein, das blanke Leben zu retten, die dritte Haut sich abziehen zu lassen, und mit glänzenden Innereien den rettenden Westen zu erreichen.

Wenn du dich über den feindlichen Linien befindest, behalte immer deinen eigenen Rückzug im Auge. Das war schon im ersten Krieg leichter gesagt als getan. Die Bomben hatten sie noch über Paris abgeworfen, aber dann war das Luftschiff getroffen worden, hatte langsam an Höhe verloren, war schließlich auf das Dach eines Stalls in einem belgischen Dorf niedergesunken und hatte die eigene Gondel unter dem schlaffen, riesigen Sack begraben. Als er und seine Kameraden sich unter dem Stoff hervorarbeiteten, sahen sie unten im Hof ein paar Hühner im Sand picken, eine Katze schlief in der Sonne, und erst, als die Bauern nicht auf ihn und seine Kameraden schossen, sondern eine Leiter brachten, wußten sie, daß das Dorf schon deutsch besetzt war. Aus purem Zufall also wurden sie nicht erschossen, sondern durften auf einer belgischen Leiter wieder herniedersteigen ins Leben. Vom Luftschiff aus blickte man auf die Welt wie auf einen Grundriß, aber wo die Front verlief, konnte man von so weit oben nicht sehen. Deutsches Stellungsgebiet hieß für sie das Dorf, dem sie ihr Leben verdankten, Heimat hieß es für die belgischen Bauern, und die Front verlief vielleicht genau zwischen den Schnurrbarthaaren der schlafenden Katze. So knapp dürfte es nie wieder ausgehen, hatte er damals gelernt. Er geht links um das Haus herum, am Rhododendron vorbei, unter seinen Füßen die Gitter, mit denen er während des zweiten Krieges alle Kellerfenster abgedeckt hat. »Mannesmann Luftschutz« steht auf diesen Gittern, auch jetzt noch, mitten im Frieden. Beim zweiten Krieg war er schon zu alt gewesen zum Kämpfen, aber auf seine eigene Art hatte er sein Stellungsgebiet vergrößert. Greife immer aus der Sonne an, hieß die erste Regel des Luftkampfs.

Am Morgen strich das Sonnenlicht über die Kiefer, die vor dem Haus stand, das hieß, es würde den ganzen Tag schönes Wetter sein, die Terrasse lag dann noch im Schatten des Hauses, und die Butter auf dem Frühstückstisch schmolz nicht. Den ganzen Tag über schien die Sonne auf die beiden Wiesen zur Linken und Rechten des Weges, der zum Wasser hinabführte, die Schwestern seiner Frau lagen und saßen da mit ihren Kindern im Gras, um zu spielen, zu schlafen, zu lesen, die Sonne fleckte den Weg hangabwärts, fiel durch Eichenlaub, Nadelbäume und Haselbüsche auf die befestigte Treppe, acht mal acht Stufen, gebrochener Sandstein, natur, die Sonne drang unten am See zwischen den Erlen nur hier und da bis zum schwarzen Boden des Uferstücks durch, der noch immer feucht war, je näher man dem gleißenden Spiegel des Sees kam, desto lauter rauschte das Laub, desto schattiger wurde es ringsherum, Verdunkelung, Mannesmann Luftschutz, aber all das nur, um den Sommerfrischler beim ersten Schritt auf den Steg zu blenden, zwischen Sonne und Wasser ging der auf das Ende des Steges zu und außer ihm selbst, der da ging, war sonst nichts mehr da, um Schatten zu werfen. Hier fiel die Sonne ganz über ihn her, über ihn und über den See, und der See warf ihren Schein zu ihr zurück, und der, der sich am Ende des Stegs hingesetzt oder -gelegt hatte, beobachtete dieses Spiel, zog sich beiläufig einen Splitter aus der Hand, den er sich beim Hinsetzen oder Hinlegen eingerissen hatte, roch die Teerfarbe, mit der das Holz imprägniert war, hörte das Boot im Bootshaus plätschern, die Kette, mit der es festgemacht war, klirrte leise, sah Fische im hellen Wasser stehen, Krebse kriechen, spürte die warmen Bretter unter seinen Füßen, seinen Beinen, seinem Bauch, roch die eigene Haut, lag oder saß da und schloß, weil die Sonne so hell war, die Augen. Und noch im Blut hinter seinen geschlossenen Lidern sah er den flimmernden Ball.

Wären die Scholle, das Haus und der See nicht seine Heimat, hätte es ihn niemals in der Ostzone gehalten. Jetzt wurde ihm die Heimat zur Falle. Er hatte am Ende des Krieges mit den Russen in Berlin fünf Nächte lang verhandelt und gesoffen, um den Abtransport der Maschinen aus seinem Tischlerbetrieb in Berlin zu verhindern, hatte sein Architekturbüro und den Betrieb auch über die erste Welle der Enteignung gerettet, mit sozialistischem Gruß, das Ablehnungsschreiben von Speer hatte ihm unter den Roten schließlich sogar den Auftrag für die Friedrichstraße verschafft, aber jetzt, sechs Jahre nach Kriegsende, griffen die Kommunisten doch noch nach seinem Unternehmen, jetzt fiel es ihnen ein, plötzlich, mitten im Frieden, Mannesmann Luftschutz, lasse den Gegner nicht aus den Augen. Wie Kinder einem Tier, auf dessen Wesen sie sich gar nicht verstehen, rissen sie jetzt dem Spielzeug den Kopf ab und würden sich wundern, wenn das Ding dann bald zu zucken aufhörte.

Sein ganzes Leben hatte er dafür gearbeitet, das Geld in etwas Wirkliches umzuwandeln, hatte erst die eine Hälfte der Scholle gekauft, und das Haus darauf gebaut, später die andere Hälfte mit dem Steg und dem Badehäuschen dazu, sein ganzes, schwer erarbeitetes Geld war hier festgewachsen, war buchstäblich als Eichen, Erlen und Kiefern hier verwurzelt, Geld anlegen, hatte das früher geheißen, das Geld in unruhigen Zeiten in beständigen Werten anlegen, so hatte er es gelernt, leider war inzwischen dem, was er gelernt hatte, die Wirklichkeit abhanden gekommen, in der märchenhaften Unordnung, die die Russen den Deutschen hinterlassen hatten, war nur zu bedauern, wem ein Stück Land gehörte, und kein fliegender Teppich.

Wer baut, klebt nun einmal sein Leben an die Erde. Dem Bleiben einen Körper zu geben, ist sein Beruf. Ein Inneres schaffen. Dort, wo nichts ist, immer tiefer aushöhlen. Von außen erscheint das farbige Glas in den Wohnzimmerfenstern, an denen er jetzt vorbeigeht, stumpf und verweigert den Einblick, lebendig wird das Licht erst, wenn man hinter dem Glas sitzt, erst dann wird es eigentlich sichtbar als Licht, dann nämlich, wenn es benutzt wird. Auch Dürer sah durch solche gefärbten Scheiben nur das Licht von der Welt, aber nicht die Welt selbst, saß drinnen und schuf sich seine eigene Welt. Wollte Dürers Frau wissen, wer auf dem Nürnberger Markt spazierenging, mußte sie eine kleine Klappe öffnen, um auf den Platz hinabzusehen. Je dicker die Mauern, je kleiner die Fenster, desto weniger Wärme ging den Bewohnern eines Hauses verloren. Feldsteine, Stroh, Reibeputz, alles Materialien aus dieser Gegend. In der Kehle im Übergang von giebel- zu traufständigem Bereich eine kleine Schleppgaube. Das Haus sollte aussehen, als sei es hier gewachsen, wie etwas Lebendiges. Den

Schornstein hat er selbst mit gemauert. Mit den Arbeitern und den Bauern hat er sich immer verstanden. Aber nicht mit diesem Staat, in dem der eine Beamte nicht wußte, was der andere tat.

Im Sommer ist er vor der Abfahrt immer noch einmal geschwommen. Jetzt, im Januar, ist er auch baden gegangen, nur nicht im See. Über den miserablen Witz würde nicht einmal seine Frau lachen, die sonst so gern lacht. Wann er das letzte Mal hier geschwommen sein wird, weiß er nicht mehr. Auch nicht, ob es im Deutschen eine Zeitform gibt, die das Kunststück fertigbringt, die Vergangenheit zur Zukunft zu erklären. Vielleicht irgendwann Anfang September. Das letzte Mal war damals ja noch kein letztes Mal, deshalb hat er es sich nicht gemerkt. Erst seit gestern ist es das letzte Mal geworden. Als könne die Zeit sich, auch wenn man sie ganz fest in der Hand hält, herumwerfen und zappeln und sich einem, wie sie grad will, verdrehen. Unten im Badehaus hängt sicher noch sein grünes Handtuch. Damit wird sich nun vielleicht irgendwer anders abtrocknen. Als er von den Juden das Badehaus übernahm, hingen noch deren Handtücher dort. Bevor seine Frau auf die Idee kommen konnte, sie zu waschen, war er schwimmen gegangen und hatte sich mit einem der fremden Handtücher trockengerieben. Fremde Handtücher. Tuchfabrikanten, die Juden. Frottee. Erste Qualität. Möcht sein. Sein erster Antrag auf Aufnahme in die Reichskulturkammer war daran gescheitert, daß er im Antragsformular auf die Frage nach der arischen Abstammung Ja und Nein geschrieben hatte. In jeglicher Form des Angriffs ist eine Annäherung an den Gegner von hinten erforderlich. Frottee. Ein ihm wohlwollender

Beamter, den er noch aus Schulzeiten kannte, hatte ihn darauf hingewiesen, daß die Rasse der Urgroßeltern bei diesem Antrag nicht von Belang sei, daraufhin hatte er den Antrag ein zweites Mal stellen dürfen, hatte auf die arische Frage nun mit Ja geantwortet, seinen und seiner Frau Abstammungsnachweise bis zur Generation der Großeltern beigelegt, und war aufgenommen worden. Das Ja und das Nein. Die Zwischenräume zwischen den Bohlen des Badehauses waren mit Werg ausgestopft. Alles nur provisorisch gezimmert. Immerhin die Hälfte des Verkehrswerts hatte er den Juden gezahlt. Und das war schon nicht wenig gewesen. Auf die Schnelle hätte sich gar kein anderer Käufer gefunden. Mit Werg. Die Mutter der Mutter seines Vaters. Ja und Nein. Mit dem Kauf des Grundstücks hatte er den Juden geholfen, ihre Ausreise zu finanzieren. Nach Afrika wohl. Oder Schanghai. Wohl oder übel. Mit dem Kauf des Grundstücks hatte er die Ausreise seines Neins aus dem Fragebogen finanziert. Nach Afrika oder Schanghai, egal. Weg, weg mit ihm, weg weg. Ja und Nein. Aus der Sonne angreifen. Aus der Sonne in die Sonne hineingreifen, bis alles verbrennt, und dann löschen mit dem Märkischen Meer. Ja und Nein. Hoffentlich waren die Wüsten in Afrika, die Urwälder in China groß genug, damit sein Nein dort verhungerte, verdurstete, von den wilden Tieren gefressen wurde. Sind Sie arischer Abstammung? Ja. Aber warum muß er denn dann jetzt gehen? Baron Münchhausen hat sich am eigenen Zopf aus dem Sumpf gezogen. Aber der Sumpf war ja nicht seine Heimat. Viel weniger weiß der Architekt, als er einmal wußte. Er hatte sich mit dem Handtuch der Juden abgetrocknet und es wieder an den Haken zurückgehängt. Ein weißes Frotteehandtuch. Erste Qualität. Später ist er Mitglied der Reichskulturkammer geworden. Später erhielt er die Erlaubnis, eine Bootsüberdachung neben dem Steg zu bauen. Sein Frotteehandtuch, das jetzt noch unten hängt, ist grün.

Das Tor schließt er mit dem Zweitschlüssel, den er für alle Fälle eingesteckt hat, von außen ab. Zeiß Ikon. Deutsche Wertarbeit. Die Klinke des Tors war, als er in aller Herrgottsfrühe hier ankam, noch feucht vom Tau. Der Architekt verläßt durch die kleine Zauntür den Vorgarten und tritt auf den Sandweg hinaus. Wenn man geht und sich umdreht, sieht man wieder die Vorderansicht, so als wäre man nie drinnen gewesen, sieht man genau dasselbe, was einen beim Kommen begrüßt hat. Er steckt den Schlüssel in die Hosentasche und geht zum Auto hinüber. Der Gärtner schläft wohl noch. Später am Tag wird der vielleicht die große Blaufichte, die vorgestern umgestürzt ist, zersägen. Aber er, dem die Blaufichte gehört und auch die Erde zwischen ihren nun bloßliegenden Wurzeln, wird dann in Westberlin sein.

Der Gärtner

Im Frühjahr legt er auf der Wegseite des Hauses ein Blumenbeet an, auf Wunsch des Hausherrn mit Mohn, Pfingstrosen und gelben Waldblumen bepflanzt, in der Mitte ein Engelstrompetenbusch. Für die Begrenzung des Beetes steckt er einfach rings um die Blumen ein paar Buchsbaumzweige in die Erde, die treiben Wurzeln und wachsen an. Im Sommer stellt er auf beiden Wiesen die Rasensprenger auf, die sich täglich zweimal für eine halbe Stunde hin- und herneigen, einmal in aller Frühe und einmal bei Einbruch der Dämmerung, währenddessen gießt er das Beet, die Rosen und Sträucher. Er schneidet die trockenen Blüten ab, beschneidet den Buchsbaum. Im Herbst erntet er zum ersten Mal Walnüsse, vom Herausklauben der Nüsse aus ihrer weichen Schale werden seine Hände ganz braun, im Herbst sammelt er die trockenen Äste auf, die in den Stürmen von der Eiche und auch von einigen Kiefern abgebrochen und zu Boden gestürzt sind, zersägt sie, hackt Scheite daraus und stapelt die Scheite im Holzschuppen auf.

Im Jahr 1936 überschritt der Kartoffelkäfer bereits den Rhein und zog weiter in Richtung Osten, 1937 erreichte er die Elbe, 1938 nun wirft er sich auf das Gebiet rings um Berlin. Der Gärtner sammelt mit großer Geduld wieder und wieder die Käfer von den Blättern der Engelstrompete, die als einziges Nachtschattengewächs des Gartens schwer von der Plage befallen ist. Er zerdrückt die Eier der Schädlinge und versucht sogar, durch Umgraben des Bodens rings um den Busch die Puppen zu finden und gleichfalls zu vernichten. In diesem Sommer ist der Sandweg tageweise schwarz von den Käfern. Sind zu Beginn der Plage die Blätter des herrlich rotblühenden Busches nur zerlöchert und ihre Ränder zerfressen, so ist am Ende des Sommers vom ganzen Busch nur noch das Skelett übrig, einige wenige Rippen der Blätter und nur die kahlen Haupttriebe vom Busch selbst, die Blüten sind längst abgefallen. Auf Weisung des Hausherrn entfernt der Gärtner die Reste der Engelstrompete und setzt eine Zypresse als neues Zentrum des Blumenbeets an ihre Stelle.

Der Tuchfabrikant

Hermine und Arthur, seine Eltern.
Er selbst, Ludwig, der Erstgeborene.
Seine Schwester Elisabeth, verheiratet mit Ernst.
Die Tochter der beiden, seine Nichte, die Doris.
Dann seine Frau Anna.
Und nun die Kinder: Elliot und die kleine Elisabeth, genannt nach seiner Schwester.

Elliot spielt der Kleinen den Ball zu. Der Ball rollt über das Gras bis ins Rosenbeet. Elisabeth will ihn nicht holen, sie weiß, daß die Rosen stechen, da läuft der Bruder hin, schlängelt sich zwischen die Blüten, biegt sie mit den Ellenbogen beiseite und stößt mit dem Fuß den Ball zurück auf den Rasen. Die Rosen vermischen ihr Rot mit dem tieferen Rot eines Bougainvillea-Strauchs, der an der Hauswand wächst und das Wohnzimmerfenster mit seinen Blüten überwölbt.

Mit dem Adler fahren sie am Vormittag die Küstenstraße entlang ostwärts. Adler, sagt Arthur, der Senior, deutsche Wertarbeit. Ja, sagt er, Ludwig. Die liefern bis hierher?, fragt der Vater. Ja, sagt Ludwig, uns haben sie doch auch bis hierher geliefert. Neben ihm sitzt seine Mutter Hermine, auf dem Rücksitz Arthur, der Vater, und Anna. Arthur und Hermine, Ludwigs Eltern, sind zu Besuch. Zwei Wochen später fahren sie wieder heim. Anna hat den Schwiegereltern zu Ehren ihr weißes Kostüm angezogen. 1 Jackett und 1 Rock (Peek & Cloppenburg), zum Zwecke der Auswanderung angeschafft, Anfang 1936, Mk. 43, Pf. 70.

Heim. Auf dem Nachbargrund ist viel Betrieb, die Vermesser sind da, ein paar Handwerker und der Bauherr, ein Architekt aus Berlin. Der steht in Knickerbockern da und grüßt herüber. Heil. Komm, ich heb dich rauf, sagt Ludwig, der Onkel, zu Doris, seiner Nichte. Die Kiefer hat, etwa in Höhe seiner Schultern, einen hölzernen Buckel, dorthinauf hebt er das Kind. Und, was siehst du, fragt er. Einen Kirchturm, sagt Doris, und zeigt auf den See.

Ach, sagt der Senior, was für ein Anblick. Paradiesisch, sagt Hermine, die Mutter. Arthur und Hermine, Ludwigs Eltern, sind zu Besuch. Für das Foto, das ein anderer Ausflügler von ihnen macht, setzt seine, Ludwigs, Frau Anna sich auf die Kühlerhaube des Adler, die Mutter, Hermine, lehnt sich an das Mäuerchen, hinter dem der Berg steil zum Meer hin abfällt. Sein Vater Arthur und er stehen hinter den Frauen. Die Bergkette auf der anderen Seite der Bucht hält als Hintergrund die vier zusammen. Nach dem Mittagessen werden sie hinunter fahren, zur Lagune, zum Strand, vielleicht schwimmen, die Wasser des Indischen Ozeans sind warm und sanft, im Gegensatz zur Westküste, wo der Atlantische Ozean wütet. Zwei Wochen später fahren Arthur und Hermine, Ludwigs Eltern, wieder heim.

I don't want anymore, sagt die kleine Elisabeth, und rennt ins Haus. Elliot nimmt den Ball in die Hände, läßt ihn ein paarmal zwischen seiner Hand und dem Boden auf und ab springen, dann geht auch er hinein. Das Haus ist jetzt, mitten im Sommer, so aufgeheizt, daß die Kerzen am Weihnachtsbaum sich schon wieder verbiegen.

Stell dir vor, sagt der Senior, mit hochgekrempelten Hosenbeinen steht er im warmen Wasser der Lagune, meine Rennjolle ist im Frühling gekentert, kurz vor dem Ufer. Dein Vater ist selbst reingegangen und hat sie umdrehen geholfen, sagt Hermine, die Mutter. Die Hosen hochgekrempelt im Märkischen Meer. Die Hosen hochgekrempelt im Indischen Ozean. Der Junge aus dem Dorf, der sie rübergesegelt hat von der Werft, war ganz blaß, sagt die Mutter. Einen Moment lang, mußt du dir denken, war er unter dem Boot. Das hat ihm Angst gemacht. Arthur und Hermine, Ludwigs Eltern, sind zu Besuch. Zwei Wochen später fahren sie wieder heim.

Heim. Wenn es regnet, riecht man die Blätter des Waldes und den Sand. Alles klein und mild, die ganze Landschaft dort am See, so überschaubar. Die Blätter und der Sand so nah, als könne man sie sich, wenn man nur wolle, überziehen. Und der See leckt immer nur schwach am Ufer, leckt an der Hand, die man in ihn hineinsteckt, wie ein junger Hund, und das Wasser ist weich und flach.

Elisabeth hat Ludwig die Kleine genannt, nach seiner eigenen Schwester. Als sei seine Schwester so tief in die Erde gerutscht, daß sie auf der anderen Seite wieder herausgekommen ist, durch die Erde gerutscht und im selben Jahr auf der andern Seite der Welt von seiner Frau wieder geboren. Und Elisabeths, seiner Schwester, Tochter Doris?

Das Blech der Spaten fährt mit scharfem Geräusch an den Kieseln vorbei in die Erde. Links auf dem Nachbargrund wird die Baugrube ausgehoben. Heil.

Elliot springt mit einem Satz über die paar Stufen hinweg aus dem Haus gleich auf den Rasen und schlendert zum Feigenbaum, um sich ein paar frische Früchte zu pflücken. Anna ruft ihm aus dem offenen Wohnzimmerfenster zu: Bring für Elisabeth auch ein paar mit. Elliot sagt: All right. Für seine Kinder, Elliot und die kleine Elisabeth, hat er den Feigenbaum und auch die Ananas im hinteren Teil des Gartens gepflanzt.

Why does Lametta hang on the tree, fragt ihn die kleine Elisabeth. It is supposed to look as if der Baum in einem verschneiten Winterwald stünde, sagt er, Ludwig, ihr Vater. What is a verschneiter Winterwald, fragt die Kleine, Elisabeth. A deep forest, sagt er, in which the ground and all branches mit dickem Schnee bedeckt sind, und von den Ästen hängen Eiszapfen herunter.

Laß uns erst einmal sehen, was wird, sagt er, Ludwig, zu seinem Vater. Aber zumindest die Weide wird heute gepflanzt, sagt sein Vater, Arthur, zu ihm, und hält ihm die Schaufel hin, das habe ich Doris versprochen. Vom Nachbargrund her hört man die Kellen der Maurer gegen die Ziegel schlagen. Heil. Der Bauherr mauert selbst mit, sagt der Vater, ist sich nicht zu schade. Ludwig schaufelt das Loch für die Weide. Die Erde ist schwarz und feucht, so nah am Wasser.

Die Erde für die Rosen frischt der Gärtner immer im Frühling auf. Er wendet den Kompost und siebt ihn durch. Ludwig selbst beschneidet die Rosen. Céleste und New Dawn, die gedeihen hier besser als irgendwo sonst auf der Welt, denn hier gibt es nie Frost. Was für herrliche Rosen, sagt seine Mutter, Hermine. Arthur und Hermine, Ludwigs Eltern, sind zu Besuch. Anderthalb Wochen später fahren sie wieder heim. Und geschnitten wird immer auf außen liegende Augen!, sagt seine Mutter, Hermine. Ich weiß, sagt er, Ludwig, und schenkt Tee nach. 1 Teeservice (Firma Rosenthal), gekauft 1932, Mk. 37, Pf. 80.

Der Kaffee- und Teeimporteur drüben ist auch schon beim Fundament, sagt Arthur, sein Vater. Ludwig schaufelt das Loch für die Weide. Der gleiche Architekt, sagt seine Mutter: Dein Nachbar von links. Der mauert am Schornstein selbst mit, das hab ich vorhin gesehen, sagt Arthur, Ludwigs Vater, der ist in Ordnung. Anna wünscht sich im Moment nur einen Steg und ein Badehaus, sagt Ludwig, und dann sehen wir weiter. Die Arbeiter auf dem Grundstück zur Rechten rufen sich etwas zu. Das wird reichen, sagt Ludwig und stößt den Spaten in den Boden neben der Grube. Sein Vater blickt auf das leise plätschernde, märkische Meer. Heim. Es ist dein Erbe, sagt der Vater zu ihm. Ich weiß, sagt er, Ludwig, seines Vaters einziger Sohn.

Die Eukalyptusbäume rauschen lauter als alle anderen Bäume, die Ludwig jemals rauschen gehört hat, rauschen lauter als Buchen, Linden oder Birken, rauschen lauter als Kiefern, Eichen und Erlen. Ludwig liebt dieses Rauschen und macht deshalb, wann immer sich die Gelegenheit bietet, mit Anna und den Kindern Rast im Schatten dieser gewaltigen, grindigen Bäume, einfach nur um zu hören, wie sich in ihren Milliarden von silbrigen Blättern der Wind fängt.

Arthur, Vater von Ludwig und Elisabeth, Großvater von Doris, nimmt den schlanken Stamm vom Boden auf, stellt ihn in das Loch, ruft Doris heran und sagt zu ihr: Halt mal!, Doris balanciert vom Rand des Lochs aus und hält mit beiden Händen das Stämmchen. Heim. Die Frauen kommen näher, Anna trägt die Schuhe von Doris in der Hand, Elisabeth sagt zu Ludwig: Schön werdet ihr es hier haben. Jaja, sagt Ludwig.

Zwischen den abgeschälten Stämmen der hohen Bäume springen Affen umher. Die stärksten dürfen sich als Erste ihren Teil von der Beute nehmen. Füttert man sie, glauben sie daher, daß man der Schwächere sei, und beginnen, einen scharf zu attackieren, wenn man nicht mehr oder nicht schnell genug hergeben will. Ganz ruhig stehen bleiben und sich rückwärts zurückziehen. Rein ins Auto, sagt Ludwig zu Elliot und Elisabeth. Anna sagt: Und laßt die Fensterscheiben oben.

Arthur sagt zu ihm, Ludwig, seinem Sohn: Jetzt laß mich mal, er greift selber zum Spaten und wirft rings um den Wurzelballen die Erde zurück in das Loch. Ludwig legt den Arm um Anna, seine zukünftige Frau, beide betrachten die weite, glitzernde Fläche des Sees. Heim. Warum blicken alle so gern aufs Wasser, fragt Doris. Ich weiß nicht, sagt Anna. Doris sagt, vielleicht, weil über einem See immer so viel leerer Himmel ist, weil jeder gern einmal nichts sieht. Du kannst schon loslassen, sagt Arthur zu Doris.

Die Eukalyptusbäume trocknen den Boden bis in die Tiefe aus, sie entziehen den andern Gewächsen das Wasser. Und nach jedem Waldbrand sind es ihre Samen, die als erste wieder austreiben und so alle andern Pflanzen verdrängen. Dadurch, daß der Eukaplyptus regelmäßig seine trockenen Äste abwirft, spart er Wasser und fördert das Entfachen der Brände, die zwar nicht dem einzelnen Baum, aber der Verbreitung der Gattung so förderlich sind. Auch durch sein stark ölhaltiges Holz entzünden sich seine Stämme leichter als die anderer Bäume. Zwischen den Stämmen der neu aufgewachsenen Wälder ist der Boden kahl und die Erde rötlich von den Bränden. Die Blätter des Eukalyptusbaums rauschen viel lauter als die aller anderen Bäume, die Ludwig jemals rauschen gehört hat.

Wenn die Weide schon groß ist und mit ihren Haaren die Fische kitzelt, wirst du immer noch hier zu Besuch sein, bei deinen Cousins oder Cousinen, und dich daran erinnern, daß du geholfen hast, sie zu pflanzen, sagt die Großmutter Hermine zur kleinen Doris. Meine Cousins oder Cousinen?, fragt Doris. Man kann nie wissen, sagt Arthur und lächelt seiner zukünftigen Schwiegertochter, Anna, zu. Hermine sagt: Die schwimmen jetzt noch in Abrahams Wurschtkessel. Kann man die essen, fragt Doris. Unsinn, sagt Ludwig, ihr Onkel, und sagt: Komm, hilf mir. Beide treten die Erde um den Stamm herum fest. Mit einem Paar großer Schuhe, gekauft 1932, Mk. 35,–, und einem Paar kleiner bloßer Füße. Heim.

Elliot und die kleine Elisabeth laufen vor dem sich hin und her wendenden Strahl des Rasensprengers davon, lassen sich naß spritzen, rennen wieder. Elliot reißt ein Blatt vom Feigenbaum und wedelt mit dem Blatt die Wassertropfen zu Elisabeth hin. Elisabeth reißt auch ein Blatt ab und hält es sich vor das Gesicht, um sich vor dem großen Bruder zu verstecken.

Doris hebt ein paar Eicheln auf und schmeißt sie in den See. Schau mal, Fische, sagt sie, und zeigt ihrem Onkel Ludwig die kreisrunden Wellen. Petri Heil. Drüben beim Architekten ist morgen Richtfest.

Ludwig ruft: Was spielt ihr denn da? Die kleine Elisabeth flüstert ihm hinter vorgehaltenem Feigenblatt zu: Die Vertreibung ins Paradies.

Hermine und Arthur, seine Eltern.
Er selbst, Ludwig, der Erstgeborene.
Seine Schwester Elisabeth, verheiratet mit Ernst.
Die Tochter der beiden, seine Nichte, die Doris.
Dann seine Frau Anna.
Und nun die Kinder: Elliot und die kleine Elisabeth, genannt nach seiner Schwester.

Doris, sagt der Großvater Arthur, wir holen jetzt Wasser und gießen den Baum an, damit er gut wächst.

Ludwig weiß, daß es wegen der häufig herabfallenden trockenen Äste nicht ungefährlich ist, unter einem Eukalyptuswald eine Rast einzulegen. Aber er hört die Blätter so gern rauschen. Daheim hat er gern Klavier gespielt. Daheim war er Tuchmacher, wie sein Vater. Hier hat er eine Autowerkstatt eröffnet und sich spezialisiert auf Kupplungen und Bremsen. Hier muß sich sein Gärtner von einem Beamten einen Bleistift ins krause Haar stecken lassen. Der

Bleistift hält. Daraufhin bekommt der Gärtner ein C in seinen Paß gestempelt, und ihm wird der Eintritt in öffentliche Parks verboten. Seit er, Ludwig, hier ist, hat er noch kein Klavier wieder angerührt. Die kleine Elisabeth spielt hier sein Spielen, sie nimmt Unterricht und lernt schnell, als habe sie, noch bevor sie geboren war, immerhin das von daheim mitnehmen können, was kein Gewicht hat: die Musik.

Wie heißen nochmal die Berge am Grunde des Sees, fragt Doris ihren Großvater. Welche Berge, fragt Arthur zurück. Ludwig sagt, der Gärtner von links hat es Doris vorhin erzählt: Gurkenberg und Schwarzes Horn, Keperling, Hoffte, Nackliger und Bulzenberg. Und Mindachs Berg. Nackliger, wiederholt das Mädchen und kichert. Elisabeth sagt, so ein Gedächtnis wie mein Bruder hätte ich auch gern. Von drüben hört man das Klopfen der Zimmerleute, sie sind mit dem Dachstuhl so gut wie fertig. Heil. Ein Schilfdach wollen sie machen, sagt Arthur, der Vater. Wär vielleicht was, sagt er, auch für euer Badehaus. Mal sehen, sagt Ludwig.

Sein Vater und er begutachten mit dem Zimmermann den Platz, an dem das Badehaus stehen wird. Zehn Meter vom Wasser entfernt und nicht parallel zum Ufer, sondern leicht über Eck soll es aufgebaut werden, sich dem See zuwenden wie einer Bühne. Auf dem Grundstück des Kaffee- und Teeimporteurs, zur Rechten hinter dem Zaun, stehen jetzt auch schon die Ziegelwände des zukünftigen Erdgeschosses, quadratische Löcher für die Fenster und ein bodentiefer Austritt zur geplanten Terrasse sind freigeblieben, durch die sieht man, je nachdem, wo man steht, ins Haus hinein, oder, andersherum, Bäume und See. Ludwig faltet den Grundriß zusammen. Und innen wenigstens ein Doppelstockbett und einen Waschtisch, sagt der Vater. Wir werden hier niemals die Nacht verbringen, Vater, sagt Ludwig. Arthur sagt: Aber das nimmt nicht viel Platz weg.

Mit dem zusammengefalteten Grundriß erwischt Ludwig eine Mücke, die sich eben auf dem Arm seines Vaters niedergelassen hat. Links hört das Klopfen jetzt auf, rechts das Schaben der Maurerkellen über die nackten Ziegel. Feierabend. Das hier ist dein Erbe, sagt der Senior. Ja, sagt er, Ludwig, ich weiß, und steckt den Grundriß für das Badehaus (Länge 5,50 m, Breite 3,80 m, Bauart der Umfassungswände: Holz, Bauart des Daches: Schilf), steckt den Grundriß samt Mücke in seine Mappe. In einem deutschen Regal wird die Mücke, flachgedrückt zwischen viel Papier, Zeiten und Zeiten überdauern, später womöglich sogar versteinern, wer weiß.

Acht Böcke aus Eisen, darauf die Platten, aus je zehn Brettern zusammengezimmert, von Bock zu Bock jeweils eine Platte, zwölf Meter lang ist der Steg, schwarz gestrichen mit Teerfarbe, damit das Holz länger hält. Anna nimmt die kleine Doris, bevor sie den Steg betritt, auf den Arm, weil sie Angst hat, daß die Kleine ins Wasser fallen könnte. Doris schlingt die Beine um Annas Leib. Heil. Elisabeth sagt, laß nur, sie fällt nicht.

Komm, ich bring dich ins Bett, es ist ja noch hell, das ist im Sommer nun einmal nicht anders, und Elliot, der ist schon älter, ich will aber nicht, komm schon, but only if you carry me, all right, die kleine Elisabeth schlingt die Beine um Annas Leib, Anna trägt das Mädchen, Leib an Leib, trägt die oder die. Vielleicht hat er Anna nur heiraten wollen, weil es ihm so gefallen hat, wie sich ihr Leib vorschob, um das Gewicht eines Mädchens zu halten.

Wenn hier Winter ist, ist daheim gerade Sommer und umgekehrt. Auf den Skatkarten von Ludwigs Eltern, Arthur und Hermine, gab es immer einen halben König auf der einen Seite der Linie, und einen zweiten halben auf der anderen. So ähnlich, könnte man meinen, spiegelt sich er, Ludwig, der wie sein Vater Tuchmacher war, nun am Äquator und wirft von hier aus das Bild eines Automonteurs zurück. Die Eukalyptusbäume rauschen, wenn man es so ansieht, am Brunnen vor dem Tore, und das Wasser des Sees sickert durch die Erdmitte hindurch und wird zum Meer, Grundwasser heißt es ja nicht umsonst. Elisabeth aber sieht Elisabeth sogar ähnlich.

Doris sagt: Jetzt geht die Sonne schon unter. Auch wenn du eine alte Frau bist, sagt ihr Großvater Arthur, wirst du dich noch hier ans Ufer setzen, um zu sehen, wie die Sonne hinter den See rutscht. Heim. Warum, fragt das Mädchen. Weil jeder die Sonne gern so lange wie möglich sieht, sagt Hermine, Ludwigs Mutter, die Großmutter von Doris.

Manchmal, wenn man Glück hat, sieht man das Tafeltuch rings um den Tafelberg. Einen Nebelschleier, der bei Sonnenaufgang zartrosa gefärbt ist. Das Tafelsilber hat er zurückgelassen, dafür den Weihnachtsbaumschmuck eingepackt. Zwölf Klemmen aus Aluminium für die Kerzen,

Weihnachtsbaumkugeln, Strohsterne, Lametta, und die Spitze aus Glas. Gekauft 1928, Mk. 14, Pf. 70. What are Eiszapfen, fragt ihn seine Kleine, Elisabeth. An dem einen Wintertag, den er am See verbracht hat, hat Anna, seine spätere Frau, seiner Nichte Doris das Eislaufen beigebracht. Was ist Schnee, fragt ihn seine Kleine, Elisabeth.

Hermine und Arthur, seine Eltern.
Er selbst, Ludwig, der Erstgeborene.
Seine Schwester Elisabeth, verheiratet mit Ernst.
Die Tochter der beiden, seine Nichte, die Doris.
Dann seine Frau Anna.
Und nun die Kinder: Elliot und die kleine Elisabeth, genannt nach seiner Schwester.

Im März '36, am Ende des Winters, ist er, Ludwig, mit seiner zukünftigen Frau Anna zusammen dem Winter nachgefahren, durch die Meerenge von Gibraltar, rechts die Küste von Europa, links Afrikas Küste. Zwischen allem hindurch von Winter zu Winter. Hier gibt es im Winter keinen Schnee, nur Regen, viel Regen, und trotzdem friert er hier mehr, als er daheim jemals gefroren hat. 1937 sind seine Eltern für zwei Wochen bei ihnen zu Besuch, die Mutter sagt, schön habt ihr es hier, und fährt zurück. Sein Vater sagt, aber schad um dein Erbe, und fährt mit der Mutter zurück. Die kleine Elisabeth ist noch lang nicht geboren, auch Elliot noch nicht, die beiden schwimmen noch in Abrahams Wurschtkessel. Seine Eltern waren hier zu Besuch. Arthur und Hermine aus Guben waren zu Besuch bei ihrem Sohn Ludwig, der nach Kapstadt ausgewandert ist, und fahren nun wieder zurück nach Guben, heim, von Sommer zu Sommer, durch die Meerenge von Gibraltar zurück, rechts die Küste von Afrika, links die Küste von Europa. Er und seine Frau Anna stehen noch eine Zeitlang am Hafen. Er sagt nichts, und seine Frau sagt auch nichts.

Als Arthur und Hermine sich 1939 doch noch um eine Ausreise bemühen, verkaufen sie Ludwigs Grundstück mit Steg und Badehaus für die Hälfte des Verkehrswertes an den benachbarten Architekten. Der Architekt zahlt um des Vorteils willen, den er aus dem Handel hat, ans Finanzamt eine Entjudungsgewinnabgabe in Höhe von 6%.

Der Erlös, von dem die Eltern, Arthur und Hermine, auf Ludwigs dringende Bitte hin die Überfahrt bezahlen sollen, muß, bis die Pässe da sind, auf ein Sperrkonto überwiesen werden. Um diese Zeit etwa wird ihnen der Eintritt in öffentliche Parks verboten. Elliot lernt, die drei Stufen zum Garten hinunterzugehen, ohne die Mutter bei der Hand zu fassen. Ludwig pflanzt mit seinem Gärtner, der so krauses Haar hat, daß ein Bleistift darin stecken bleibt, einen Feigenbaum und die erste der drei Ananaspalmen.

Als Holland in den Krieg eintritt, sind die Pässe für Ludwigs Eltern da, aber die Überweisung des Geldes an die Schifffahrtsgesellschaft ist nicht mehr möglich. Ludwig weiß, daß es nicht ungefährlich ist, unter einem Eukalyptusbaum eine Rast einzulegen. Aber er liebt das Rauschen. Auch, wenn der Gärtner den Kopf schüttelt, fällt der Bleistift nicht heraus. Elliot spricht sein erstes Wort: Mum. Anna ist zum zweiten Mal schwanger.

Zwei Monate nachdem Arthur und Hermine in Kulmhof bei Litzmannstadt den Gaswagen bestiegen haben, nachdem Arthurs Augen aus ihren Höhlen getreten sind, während er erstickte, und Hermine im Todeskampf einer Frau, die sie nie vorher gesehen hat, auf die Füße geschissen hat, wird ihrer beider und ihres ausgewanderten Sohnes Ludwig in Deutschland zurückgebliebenes Vermögen eingezogen, werden sämtliche Sperrkonten aufgelöst und der Hausrat versteigert. Der gesamte Besitz von Arthur und Hermine, darunter auch der Erlös aus dem Verkauf des Grundstücks am See, bebaut mit 1 Badehaus und 1 Steg, fällt an das Deutsche Reich, vertreten durch den Reichsfinanzminister.

Mutterstadt wird die Stadt auch genannt, moederstad, mother city. Kurz vor Weihnachten steckt sich Ernst, Ludwigs Schwager, der Vater von Doris, bei der Zwangsarbeit auf der Autobahnbaustelle mit Fleckfieber an und stirbt wenige Tage darauf. Am Ostermontag müssen sich auch Elisabeth und Doris auf den Weg machen. Es soll nur eine kurze Reise sein, schreibt Elisabeth ihm, Ludwig, ihrem Bruder, noch aus dem Zug. 1 Brieföffner, Ebenholz mit Knauf aus Zinn, gekauft 1927, Mk. 2, Pf. 30. Ludwigs Antwortbrief von Kapstadt nach Warschau geht sechs Wochen hin, sechs Wochen her, er kommt ungeöffnet zurück. Drei Monate später wird die kleine Elisabeth geboren. In der Mutterstadt, am schönsten Ende der Welt.

Der Gärtner

Als das Grundstück erweitert wird, gibt der Hausherr seinem Gärtner den Auftrag, den Zaun niederzureißen und die Kiefern auf dem hochgelegenen Teil des ehemaligen Nachbargrunds zu fällen. Der Gärtner zersägt das Holz, hackt Scheite daraus und stapelt die Scheite im Holzschuppen auf. Er rodet auch die Büsche auf der oberen ebenen Fläche des dazugewonnenen Grundstücks und beginnt im Spätherbst, dort einige Pflanzlöcher für Obstbäume auszuheben. Fünf Apfelbäume, drei Kirschen und drei Birnen auf Geheiß des Hausherrn. Beim Graben stößt er nach einer dünnen Schicht aus Humus auf die Ortsteinschicht, die er durchschlägt, am wellenförmigen Verlauf der grundwasserführenden Sandschicht, die darunter verläuft, kann man erkennen, wie vor Jahrtausenden der Wind über den See strich, und unter dem Sand schließlich liegt, wie überall hier in der Gegend, der blaue Ton. Bis auf eine Tiefe von 80 Zentimeter hebt der Gärtner die Pflanzlöcher aus und füllt Komposterde ein, damit die Obstbäume gut gedeihen. Von der Drainage-Leitung, die er auf dem ursprünglichen Grundstück unterirdisch verlegt hat, zweigt er ein paar Röhren ab, um die jungen Obstbäume zusätzlich zu bewässern. Der Gärtner schüttet Mutterboden auf und sät Gras zwischen den jungen Bäumen. Noch vor dem ersten Frost beginnt das Gras auf der kahlen Erde zu sprießen.

Die Frau des Architekten

Kennst du den? Also.

Sie muß selbst noch einmal lachen, obwohl sie den Witz schon oft erzählt hat, sie lacht, und die anderen lachen sowieso, sie lacht wirklich gern, als Kind hat sie sich manchmal festgelacht, so hat das ihr Vater genannt, festgelacht, als hielte ihr Körper das Lachen fest, wolle es partout nicht mehr hergeben, und schüttele sich noch und noch ohne ihr Zutun. Auch ihre großen Schwestern, die sie, die Kleine, überallhin mitnehmen mußten, lachten, wenn sie schielte und Grimassen schnitt, oder sich Niespulver als Heilsalz für die Nase oder Chilischoten als Paprika aufschwatzen ließ. Sie nieste, prustete oder spuckte, und die anderen lachten. Seiltänzerin wollte sie werden oder Dompteurin, aber das verriet sie keinem, nicht einmal ihrem Vater, dem Großmogul, der eigentlich Großkonsul war, ihr ganzes Leben lang immer nur lachen und reisen, während ihre Schwestern weiter wachsen würden und fett werden und Kinder bekämen. Sie dagegen immer und ewig auf Tournee. Der Großmogul, der eigentlich Großkonsul war, befürwortete, als sie alt genug war, um auf dem Hochseil zu balancieren oder Löwen zu zähmen, ihre Ausbildung zur Stenotypistin. Stenographie, so sprach der Mogul zu Dompteurin, sei soviel wert wie sechs Fremdsprachen. Stenographie und Schreibmaschineschreiben brauche man überall auf der Welt, sagte der Großmogul. Jetzt saß sie mit ihrem Mann und ein paar Freunden draußen auf der Terrasse, rings um einen großen Topf, in dem Krebse trieben, die sie nachmittags im See selbst gefangen und dann so lange gekocht hatte, bis sie rot geworden waren, sie hielt eine Krebsschere in den Händen und lachte noch immer. So hatte sie schon vor dem Krieg hier gesessen, mit ihrem Mann und einigen Nachbarn zusammen, oder mit Freunden, und auch während des Krieges, bis spät in die Nacht hinein, auf der Terrasse, mit Blick auf den See, und saß so noch immer. Gern würde sie bis in alle Ewigkeit einfach so sitzen.

Bevor sie ihren Mann kennenlernte, für den sie nach der Ausbildung zu stenographieren begann, hätte sie niemals geglaubt, daß eines der größten Abenteuer darin bestehen könnte, geheiratet zu werden. Ihr Mann war zu der Zeit noch mit seiner ersten Frau verheiratet gewesen, er besaß, wie das hieß, Frau und Kind. Zum ersten Mal in ihrem Leben borgte sich das Weinen mehrere Abende hintereinander vom Lachen ihren Körper. Ein dreiviertel Jahr hatte es gedauert, bis der Chef ihr den ersten Kuß gab, ein weiteres halbes, bevor sie begannen, über ein gemeinsames Leben Scherze zu machen, und dann noch mehrere Monate, bis er bei einem ihrer Ausflüge in die Umgegend Berlins neben ihr im Gras lag, am Ufer dieses weiten, glitzernden Sees, und plötzlich sagte: Hier könnten wir leben, nicht wahr? Die Seiltänzerin verstand erst an diesem Tag, daß einer, der alles Mögliche besitzt, darunter Frau und Kind, erst einmal aufhören muß mit dem Sitzen, dann sich erheben, dann losgehen, und erst sehr, sehr spät an Tempo gewinnen und schließlich springen kann, wenn überhaupt, und daß so einer, wenn er springt, irgendwo aufsetzen will, und nicht nirgends. Erst an diesem Tag, als er zu ihr sagte: Hier könnten wir leben, nicht wahr?, und sie auf dem Rücken lag und die Kiefern vor dem blauen Himmel sich beugen sah – von dem Tag an war ihr klar, daß er nur bei ihr ankommen würde, wenn sie bereit wäre, ihn auf diesem ganz bestimmten Stück Erde, das nicht allzu weit von Berlin entfernt lag, zu erwarten. Und da antwortete die junge Stenotypistin, die am liebsten ihr ganzes Leben lang auf Tournee gewesen wäre, zu ihrer eigenen Überraschung: Ja.

Es dauerte dann noch ein weiteres halbes Jahr, bis er den Kaufvertrag wirklich aufsetzen und von ihr unterschreiben ließ, damit bei seiner bevorstehenden Scheidung der Grund nicht zur Hälfte an die damals noch mit ihm verheiratete Frau und den gemeinsamen Sohn fiel. Alles insgesamt dauerte erst so lange, wie sie es sich gedacht hatte, und dann noch einmal so lange, daß sie es gerade noch aushielt, und schließlich noch einige Zeit über das Aushalten hinaus. Bei der Unterzeichnung des Kaufvertrages für den Grund am See war sie so erschöpft gewesen, daß sie bei dem Wort Scholle, das ihr zukünftiger Mann für das Stück Land gebrauchte, unwillkürlich an den lange vergangenen Berliner Winter denken mußte, in dem sie als Kind heimlich auf die zugefrorene Spree gesprungen war, und genau das Stück Eis, auf dem sie gelandet war, durch die Erschütterung abbrach und begann, mit der Strömung zu treiben. Das Rutschen und Balancieren, das Frieren in den naßgewordenen Schuhen und schließlich das Greifen nach hingehaltenen Händen, Leitern und Stöcken, besonders aber die Angst, daß sie aus Berlin hinaustreiben könnte, bevor es irgend jemandem gelänge, sie zu retten, hatten sie so erschöpft, daß sie, noch tropfend, in den Armen des Mannes einschlief, der sie zu den Eltern nach Haus trug.

Nach der Unterzeichnung des Kaufvertrages hatte der Architekt sich tatsächlich scheiden lassen, hatte kurze Zeit später sie geheiratet und mit dem Bau des Hauses begonnen. Das Lachen war zu ihr zurückgekehrt, und als wollte ihr Mann dieses Lachen für immer in das Haus einbauen, erfüllte er jeden ihrer ausgefallenen Wünsche: Auf dem Balkongitter vor ihrem Zimmer ließ er ein eisernes Vögelchen anschmieden, ihren Kleiderschrank verbarg er, versehen mit einem geheimen Mechanismus zum Öffnen, hinter einer doppelten Tür, für das Telefon gab es neben ihrem Bett ein kleines Fach in der Wand, das Bettzeug war hinter drei Klappen zu verstauen, die rings um ihr Bett in die Täfelung eingearbeitet und mit rosafarbener Seide bezogen waren, etliche Fenster im Haus bekamen Scheiben aus buntem Glas, von den beiden Stühlen am Eßtisch trug der eine Stuhl seine, der andere ihre Initialen, und die Fensterläden im Erdgeschoß ließen sich mit einer im Innern des Hauses verborgenen Kurbel öffnen und schließen – wenn jemand vorüberspazierte, hatten sie ihren Spaß daran, durch die stille, geisterhafte Bewegung der schwarzen Läden den Fremden zu erschrecken. Wie ein ihr zu Diensten stehender Dämon zauberte er ihr das Haus, und sie lachte. Daß für Kinder kein Zimmer vorgesehen war, verstand sich für beide von selbst.

Sie arbeitete weiter im Büro ihres Mannes in Berlin, aber an den Wochenenden fuhren sie immer hinaus, und weil ihr Mann bald auch für den oder jenen Nachbarn, der am See bauen wollte, die Häuser entwarf und die Ausführung überwachte, verbrachten sie mehr und mehr Zeit auf der Scholle, wie ihr Mann das Stück Land immer noch nannte, und ihr Freundeskreis wuchs. Beim Krebse-Essen begann mal er, mal sie mit dem Geschichtenerzählen, und je geübter sie wurden, desto müheloser fiel der eine dem andern wie zufällig ins Wort, um das Gelächter der Gäste zu steigern, desto sicherer gelangen ihnen die Pointen. Haben wir euch noch nicht erzählt? Wie er ihr, und wie sie ihn, wie er daraufhin, und wie sie, wie er ihr, wie sie sich wunderte, wie sie buchstäblich gedacht habe, daß, und er dann schließlich, also wirklich, sagt sie und schüttelt, um die Pause zu füllen, die jetzt mit Sicherheit eintritt, nur stumm den Kopf. Ihr Mann setzt hinzu, sie wirft ein, er ergänzt, aber sie muß noch sagen, daß, und er gibt ihr recht. Kurz vor dem Höhepunkt lacht sie selbst schon im voraus, dann kommt endlich die Pointe, alles lacht, lacht und lacht, noch ein Bier, noch ein Glas Wein, gern, für mich bitte nicht, vielleicht ein Glas Wasser. So vertreiben der Architekt und seine Frau an vielen Abenden sich selbst und ihren Gästen die Zeit.

Der Frau des Architekten, die seit ihrer Heirat weiß, daß ein Abenteuer eigentlich immer nur darin besteht, sich dem auszusetzen, was einem fremd ist, wirft sich mit der ihr angeborenen Lust an der Bewegung in die Seßhaftigkeit hinein, und das Grundstück erweist sich dabei, nicht zuletzt aufgrund seiner Lage am Wasser, als ein angemessenes Gehege. Ihre Schwestern, die inzwischen beide Mütter geworden sind, blicken vom Steg aus ihr nach, wenn sie kraulend die Dampferroute kreuzt und noch weit darüber hinaus schwimmt, bis ihre Badehaube nur noch als stecknadelgroßer Punkt zu sehen ist, während sie selbst am Ufer bleiben, um mit ihren Kindern im Flachen zu planschen;

die Schwestern essen gern Krebse, aber sie kreischen, wenn ihre jüngere Schwester die zappelnden Tiere im Genick packt und ohne Ekel ins Netz wirft; verheddert sich die Schaukel der Nichten und Neffen in einem Ast der großen Eiche, ist sie es, die sich sofort mit Händen und Füßen in die Furchen der Rinde krallt und behende hinaufsteigt, sich rittlings auf Ästen vorwärts schiebt und dann die Schlaufe, als wäre es nichts, aus dem Blätterwerk löst. Die älteren Schwestern und deren Kinder schlafen sich aus, bis die Haushälterin mit dem Gong zum Frühstück ruft, sie aber wandert schon vor dem Frühstück mindestens eine Stunde, die Klinke des großen Eingangstors ist, wenn sie losgeht, an kühlen Morgenden oft noch feucht vom Tau, bis hinauf in den Wald wandert sie und dann mit Blick auf den See quer über die Felder heimwärts. Jeden Sommer besuchen die Schwestern mit ihrem Nachwuchs sie für einige Wochen auf der Scholle, baden, essen und tauschen Rezepte, sehen der Kinderlosen beim Lachen zu und lassen ihrerseits während der Mittagsruhe ihre Körper im Schatten schmelzen, sie erholen sich, wie es heißt, aber manchmal sehen sie, während sie doch alle Anstrengungen unterlassen, dennoch nicht aus wie Frauen, die sich erholen, sondern so, als warteten sie auf irgend etwas, und das Warten fiele ihnen nicht leicht.

So gehen die Jahre und sind wie ein Jahr. Ob die Maikäferplage siebenunddreißig war oder doch ein Jahr später, könnte sie jetzt gar nicht mehr sagen, nur an das Geräusch erinnert sie sich bis auf den heutigen Tag, wie es sich angehört hat, als sie mit ihrer Nichte beim Fahrradausflug über die Käfer fuhr, die den Sandweg in eine dunkle, wimmelnde Fläche verwandelten, wie es damals unter den Reifen knackte, das weiß sie noch immer. Alle Sommer wie einer. Ob es achtunddreißig war, oder neununddreißig, vielleicht auch erst vierzig, als sie begannen, den Steg des leerstehenden Nachbargrundstücks zu nutzen, und wann ihr Mann das Bootshaus an den Steg anbaute, wüßte sie jetzt nicht mehr genau zu sagen. Das Bootshaus hat er wohl erst gebaut, als ihnen der Nachbargrund schon gehörte, aber wann das war? Sommer um Sommer Schwimmen, Sonnenbaden und Himbeeren pflücken am Waldrand gegenüber vom Haus, Herbst um Herbst hören, wie der Gärtner das Laub im Garten zusammenrecht, riechen, wie er die modrigen Haufen verbrennt, Winter um Winter sich auf dem Segelschlitten über das Eis jagen lassen, danach mit rotgefrorenen Fingern die Segel einholen und schnell ins Haus: die Hände am Ofen aufwärmen, bis sie wehtun, Ostern um Ostern harte Eier zwischen den ersten Blumen verstecken für Neffen und Nichten. Alles wie eins. Heute kann heute sein, aber auch gestern oder vor zwanzig Jahren, und ihr Lachen ist das Lachen von heute, von gestern und genauso das Lachen von vor zwanzig Jahren, die Zeit scheint ihr zur Verfügung zu stehen wie ein Haus, in dem sie mal dieses, mal jenes Zimmer betreten kann. Kennst du den? Während sie ihr ganzes Leben gelacht hat, sind ihre blonden Haare unmerklich weiße Haare geworden. Heute oder gestern oder vor zwanzig Jahren sitzt sie mit Freunden um einen großen Topf herum, in dem Krebse schwimmen, die sie nachmittags mit sicherem Griff ins Genick gefangen und später so lange gekocht hat, bis sie rot wurden. So einen Krebs zu essen, ist gar nicht so einfach. Zuerst dreht man dem Vieh den Kopf ab und saugt den Saft aus, dann reißt man die Scheren ab und zieht mit einem kleinen Spieß das Fleisch daraus hervor. Das Beste an einem Krebs aber ist das Fleisch aus dem Schwanz, das nennt man sein Herz. Bevor man es essen kann, entfernt man das Gedärm des Krebses und legt es beiseite.

Humor ist, wenn man trotzdem lacht, sagt sie an irgendeinem der Sommerabende in irgendeinem der letzten zwanzig Jahre, während sie aus den Scheren das Mark saugt, eben hat ein mit ihnen befreundeter Filmregisseur davon erzählt, wie schwer es für die Maskenabteilung sei, arische Schauspieler für die Rollen des lästigen jüdischen Schiebers Ipplmeier und dessen Gesellen als Semiten zu schminken. Bei den Probeaufnahmen jedenfalls sahen sie aus wie waschechte, sagt der Regisseur und seufzt, ihr Mann sagt: Wir heißen euch hoffen, und sie sagt: Humor ist, wenn man trotzdem lacht. Humor ist, wenn man trotzdem lacht, sagt sie an irgendeinem anderen der Sommerabende in irgendeinem anderen der letzten zwanzig Jahre und bricht einem Krebs den Panzer, als ihr Mann Freunden davon erzählt, daß er in den Westen fahren und von seinem privaten Geld Schrauben kaufen muß für die junge Republik, weil ausdrücklich von ihm verlangt würde, das Plan-Soll einzuhalten und das Gebäude, an dem er gerade baut, zum dritten Jahrestag fertigzustellen. In der ganzen Ostzone gibt es keine Schrauben, das ist doch unglaublich, sagt er, und sie sagt: Humor ist, wenn man trotzdem lacht. An irgendeinem Sommerabend in irgendeinem der letzten zwanzig Jahre erzählt ihr Mann einem der Gäste, wie am Ende des Krieges die Russen den Garten zur Pferdekoppel umfunktioniert hatten, wie alles zertrampelt war, wie er damals sogar den Gärtner hat weinen sehen, das alles sagt er, und seine Frau sagt nichts, sie wischt sich gerade die Hände an einer Serviette ab, und der Freund, der ja nur das beurteilen kann, was gesagt wurde, bezieht sich darauf, indem er seinerseits sagt: Humor ist, wenn man trotzdem lacht, und während er das sagt, angelt er sich einen weiteren Krebs aus dem Topf. Hätte es nicht diese eine Nacht gegeben, diese eine Nacht in dem von ihrem Mann eigens für sie entworfenen begehbaren Schrank, würde sie vielleicht noch immer glauben, daß ihr Mann ihr damals, als er ihr den Kaufvertrag für die Unterschrift hinschob, ein Stück Ewigkeit gekauft hat, und daß diese Ewigkeit an keiner Stelle ein Loch hat.

Noch heute denkt sie, wenn jemand vom Krieg spricht, zuerst an den Krieg, den ihr eigener Körper ausgerechnet damals gegen sie zu führen begann, als die ersten Bomben auf Deutschland fielen. Trotz der immer knapper werdenden Lebensmittel wurde ihr Körper damals wider alle Vernunft plötzlich fett, während andere, die vorher fett gewesen waren, ihre Schwestern zum Beispiel, durch die Aufregungen und später den Hunger erst schmal wurden, dann dünn, und schließlich hager. Die 6. Armee kapitulierte vor Stalingrad, da überkam sie schon am Morgen fliegende Hitze, wie ein Schnurrbart aus feinen Tröpfchen stand ihr der Schweiß zwischen Lippe und Nase, der Schweiß war ihr peinlich, aber noch peinlicher war es ihr, ihn abzuwischen, die Russen marschierten auf Polen zu, da schwindelte ihr oft mehrmals am Tag, so daß sie sich an Tischecken und Türklinken festhalten mußte, um nicht zu stürzen, und schließlich, die Alliierten landeten in der Normandie, kehrte sogar das Weinen in ihren Körper zurück, besetzte ihn und weigerte sich, wieder zu gehen, wie ein lange vergessener Gläubiger, der eine Schuld eintreiben wollte, von der sie nichts wußte. Sie, die immer so knabenhaft ausgesehen hatte, stand jetzt allmorgendlich vor dem Spiegel, schwitzte, hielt sich am Rand des Waschbeckens fest, um nicht zu stürzen, wischte die Tränen ab und vermied, das milchige, runde Gesicht anzusehen, mit dem sie keine Erinnerungen teilte, um vieles vertrauter erschien ihr dagegen das bunte Glas in den Fenstern zur Rechten und Linken vom Spiegel, das ihr Mann damals eingesetzt hatte, einfach nur, weil sie es sich wünschte.

Ihr war es in dieser Zeit so schlecht gegangen, daß sie eine der Nichten hatte bitten müssen, zu ihr zu kommen und ihr im Haushalt zur Hand zu gehen, während ihr Mann in Berlin sein Büro auflöste, die Pläne zusammenpackte und sich um ein feuerfestes Versteck für seine Papiere kümmerte. Wie gut war es, daß der Telefonapparat so dicht neben ihrem Bett in der Nische stand, denn auch tagsüber blieb sie jetzt meistens liegen. Während sie sich den Hörer ans Ohr hielt und von ihrem Mann erfuhr, wer verschüttet, welches Haus eingestürzt und wie eng es unten im Keller war, sah sie die bunten Federn des Vögelchens, das auf ihrem Balkongitter angeschmiedet saß, und hinter dem Vögelchen das blätterlose Geäst der Bäume, und durch das Geäst der Bäume hindurch das glitzernde Märkische Meer. Erst nach der Schlacht bei den Seelower Höhen hatte sie die Nichte zu Verwandten im Westen geschickt, um sie vor der Begegnung mit den slawischen Horden zu bewahren, sie selbst hatte sich mit den letzten Vorräten und etwas Wasser im begehbaren Schrank hinter der doppelten Tür eingerichtet. Und dann war der Russe gekommen.

Sie will das Wort nicht denken, das Wort, mit dem er sie rief, das undenkbare Wort, mit dem er für alle Ewigkeit ein Loch in ihre Ewigkeit bohrte. Ihr zu der Zeit schon unfruchtbarer Körper hatte ihn, der das Wort gewußt hatte, das sie entmachtete, mit aller Gewalt an sich gerissen und ungefähr für die Dauer einer Geburt ihr Lachen, das ihm so lange im Weg gestanden hatte, erstickt, in dieser Nacht in dem verborgenen Schrank, den ihr Mann eigens für sie gebaut hatte, weil sie es sich damals, als sie noch eine Zirkusprinzessin war, so wünschte, war sie endlich zum Feind übergelaufen. Erst nach dem Fall der Reichshauptstadt gelang es ihrem Mann, zu ihr hinaus zu kommen, er fand einen zertrampelten Garten vor und einen Gärtner, der über die Verwüstungen weinte. Seine Frau teilte mit ihm den halben Laib Brot, den der Russe ihr dagelassen hatte.

Kennst du den? Ein Musiker ist auf Tournee. Seine hochschwangere Frau soll ihm Bescheid geben, wenn das Kind endlich geboren ist. Ihr Stichwort soll sein: Melone. Der Musiker sitzt also auf der Bühne und spielt. Eines Abends nun flüstert ein Kollege ihm von der Seitenbühne zu: Melone, Melone, Melone – zwee mit Stiel und eene ohne! Es gibt Dinge, die sind einfach immer zum Lachen. Immer ist dieser Witz ein Erfolg, immer lacht alles, immer lacht der Architekt, lacht auch seine Frau, die ihn selber erzählt hat, und lacht der Besuch. Musiker, Tournee, Melone, mit und ohne. Vor fünfzehn Jahren etwa hatte der Schauspieler Liedtke, der mit einer Operettendiva verheiratet war und am Ende des Sandwegs wohnte, noch eins draufgesetzt und, mit seinen Händen üppige Brüste andeutend, aus der Lustigen Witwe zitiert: Melonen – äh – Millionen! Musiker, Tournee, Melone, mit und ohne, das paßte auch während des Krieges, als der benachbarte Kaffee- und Teeimporteur ihnen erzählte, daß die Fleischerstochter gerade Zwillinge zur Welt gebracht habe, obgleich ihr Mann schon seit über einem Jahr nicht auf Urlaub war von der Ostfront. Musiker, Tournee, Melone, mit und ohne, die Frau des Architekten sagt heute zum Direktor des Reifenkombinats, einem Freund ihres Mannes, nachdem das Lachen verebbt ist: Also ich fand das von Hitler unmöglich, von uns Frauen zu verlangen, daß wir dem Staat Kinder gebären – wir sind doch keine Maschinen. Und ihr Mann sagt: Meine Frau war auf ihre Art praktisch im Widerstand. Der Direktor des Kombinats lacht, und der Architekt selbst, und es lacht auch seine Frau.

Und dabei rinnt nun schon seit etwa sechs Jahren durch das Loch, das der Russe gegen Ende des Krieges in ihre Ewigkeit gebohrt hat, die Zeit fortwährend aus. Nur, weil es eine schwere Zeit ist, tritt so etwas wie ein historisches Trägheitsmoment ein, nur, weil die Zeit so schwer ist, daß sie sich sogar mit dem Davonlaufen Zeit lassen muß, sitzt die Frau des Architekten auch sechs Jahre nach dem Krieg noch auf ihrer Terrasse, sitzt da vor einem mit rotgekochten Krebsen gefüllten Topf, serviert, selbst am lautesten lachend, ihren Freunden die sicheren Pointen, und blickt auf den inzwischen Volkseigentum gewordenen See. Die Zeit rinnt, während die Frau des Architekten am Arm ihres Mannes die Freunde noch bis vor das Tor geleitet und ihnen ins Dunkle nachwinkt, rinnt, während die beiden Eheleute wieder hineingehen, die mit Krebsschalen bedeckten Teller übereinanderstellen und in die Küche tragen, rinnt, während sie zu ihm sagt, sie sei schon müde, und er sagt, er rauche draußen noch eine, rinnt, während sie die Treppe hinaufsteigt, in ihrem Zimmer sich auszieht, den seidenen Mantel überwirft und ins Bad geht, die bunten Scheiben in den Fenstern zur Rechten und Linken vom Spiegel sind noch schwärzer als anderes Glas in der Nacht, rinnt, während die Frau sich auf den Rand ihres Betts setzt, um die Beine mit Kampferöl und die Brust mit Pfefferminzsalbe einzureiben, rinnt, als sie ihrem Mann, der unten auf der Terrasse noch eine letzte Zigarette raucht, durch die halboffne Balkontür Gute Nacht zuruft, rinnt aus und aus, während sie den cremefarbenen seidenen Mantel wieder an seinen Haken im flachen Teil des begehbaren Schranks hängt, aus und aus, während sie sich hinlegt und einschläft. Aus. Bald wird sie in einer Zweizimmerwohnung in Westberlin leben, und später in einem Altersheim in der Nähe des Bahnhofs Zoo. Von der Flucht in den Westen bis zum Ende ihres Lebens wird sie alles, was man in Notzeiten dringend braucht, also Büroklammern, Schießgummis, Briefmarken, Zettel und Bleistifte, immer in ihrer Handtasche griffbereit halten. Und in ihrem Testament wird sie das Grundstück am See und das bis in alle Ewigkeit nach Kampfer und Pfefferminz duftende Haus, das, rein rechtlich gesehen, immer noch ihr gehört, wenn es auch in einem Land liegt, das sie, ohne Gefahr, verhaftet zu werden, nicht mehr betreten kann, ihren Nichten vererben, und den Frauen ihrer Neffen. Jedenfalls keinem Mann.

Der Gärtner

Nach Entwürfen des Hausherrn wird im Frühling auf dem dazugewonnenen Grund gleich neben den Obstbäumen ein nach Süden ausgerichtetes Bienenhaus für zwölf Völker errichtet, sowohl, um den Ertrag der Bäume zu steigern, als auch, um eine Ausbeute an Honig zu erzielen. Neben dem Raum für die Bedienung der Stöcke gibt es dort einen Schleuderraum, und weil der Gärtner, der sich hervorragend auf die Imkerei versteht, von da an ohnehin alle Zeit, die er nicht bei der Gartenarbeit zubringt, den Bienen widmet, stellt er sich bald ein behelfsmäßiges Bett im Schleuderraum auf und siedelt schließlich mit Erlaubnis des Hausherrn ganz über.

Die polnischen Zwangsarbeiter im Dorf erzählen, daß der Kartoffelkäfer längst die Oder überschritten hat und bereits dabei ist, Polen zu durchqueren. Im Sommer gießt der Gärtner zweimal täglich das Blumenbeet und die Zypresse auf der dem Sandweg zugewandten Seite des Hauses, ebenso die Rosen an der Terrasse zur Seeseite hin, und die Forsythiensträucher, den Flieder und die Rhododendren an der Umfassung der großen Wiese: einmal in aller Frühe und einmal bei Einbruch der Dämmerung. Er gewöhnt es sich an, Zigarre zu rauchen, um durch den Rauch die Bienen von sich fernzuhalten, wenn er auf der Schwelle des Bienenhauses sitzt und sich ausruht. Im Herbst harkt er das von der großen Eiche herabgefallene Laub zusammen und verbrennt es, er sägt die trockenen Äste der Kiefern ab, zersägt sie, spaltet die Stücke und stapelt die Scheite im Holzschuppen auf.

Das Mädchen

Jetzt weiß niemand mehr, daß sie da ist. Rings um sie ist alles schwarz, und der Kern dieser schwarzen Kammer ist sie. Daß es nicht einmal einen kleinen Spalt gibt, durch den Licht einfällt, soll ihr das Leben retten, aber es macht auch, daß sie sich in nichts mehr von der Dunkelheit unterscheidet. Sie würde gern irgendeinen Beweis dafür haben, daß sie da ist, aber es gibt keinen Beweis. Sie Doris Tochter von Ernst und Elisabeth zwölf Jahre alt geboren in Guben. Wem gehören jetzt noch, in solcher Dunkelheit, diese Worte? Während sie auf der kleinen Kiste sitzt, und ihre Knie an die gegenüberliegende Wand stoßen, und sie ihre Beine manchmal nach rechts, manchmal nach links schräg stellt, damit sie nicht einschlafen, vergeht Zeit. Wahrscheinlich vergeht Zeit. Zeit, die sie wahrscheinlich immer weiter und weiter entfernt von dem Mädchen, das sie vielleicht einmal war: Doris Tochter von Ernst und Elisabeth zwölf Jahre alt geboren in Guben. Es ist niemand mehr da, der ihr sagen könnte, ob diese Worte herrenlos sind und sich nur zufällig in diese Kammer, in diesen Kopf verirrt haben, oder ob sie wirklich zu ihr gehören. Zeit hat sich zwischen sie und ihre Eltern, zwischen sie und alle übrigen Menschen geschoben, Zeit hat sie mit sich fortgerissen und in diese dunkle Kammer gesperrt. Farbig ist nur noch das, woran sie sich erinnert, mitten in dieser Dunkelheit, die sie umgibt, deren Kern sie ist, farbige Erinnerungen hat sie in ihrem vom Licht vergessenen Kopf, Erinnerungen von jemand, der sie einmal war. Wahrscheinlich war. Wer war sie? Wessen Kopf war ihr Kopf? Wem gehörten jetzt ihre Erinnerungen? Lief die schwarze Zeit immer weiter, auch wenn der Mensch nur noch saß, lief die Zeit immer weiter und riß selbst ein versteinertes Kind noch mit sich fort?

Gurkenberg und Schwarzes Horn, Keperling, Hoffte, Nackliger und Bulzenberg. Und Mindachs Berg. Als der Onkel sie damals auf den Buckel der Kiefer hinaufhob, war ihr, als könne sie von so hoch oben tatsächlich all die unterseeischen Berge im Wasser erkennen, deren Namen ihr der Gärtner gesagt, und die sie sich bis heute gemerkt hat. Auf der höchsten Erhebung stand der Kirchturm der versunkenen Stadt, seine Spitze ragte hoch auf, stieß mit dem Wetterhahn beinahe bis hinauf in die Wellen. Und unten am Grund, wo das Wasser ganz ruhig war, auf den Straßen und Plätzen der Stadt, konnte sie, wenn sie die Augen zusammenkniff, sogar die Menschen erkennen, sie gingen umher, saßen oder standen irgendwo angelehnt, durch die glitzernde Oberfläche des Sees hindurch sah sie das stumme Gedränge all der gemeinsam mit ihrer Stadt versunkenen Bewohner, die sich, ohne atmen zu müssen, ganz natürlich im Wasser bewegten, im ewigen Leben nicht anders gingen, saßen oder standen als zuvor auf der Erde. Auf der Kiefer hatte sie gehockt, sich an ihrem schuppigen Stamm festgehalten, und von dort aus gesehen, wie die Fische im versunkenen Himmel über der Stadt umherschwammen. Nachdem der Onkel sie wieder heruntergehoben hatte, waren ihre Hände ganz klebrig gewesen vom Harz, ihr Onkel hatte Sand genommen und das Harz damit abgerieben.

Während das Mädchen in seiner schwarzen Kammer sitzt und von Zeit zu Zeit versucht, sich aufzurichten, dabei aber mit dem Kopf gegen die Decke des Verstecks stößt, während es die Augen weit aufmacht und dennoch nicht einmal die Wände seiner Kammer sehen kann, während die Dunkelheit so groß ist, daß das Mädchen nicht einmal erkennen kann, wo sie aufhört, erscheinen in seinem Kopf Erinnerungen an Tage, an denen das ganze Blickfeld mit Farben ausgefüllt war bis an die Ränder. Wolken, Himmel und Blätter, Blätter von Eichen, Blätter der Weide, die wie Haare herunterhängen, schwarze Erde zwischen den Zehen, trockene Kiefernnadeln und Gras, Kienzapfen, schuppige Rinde, Wolken, Himmel und Blätter, Sand, Erde, Wasser und Bretter des Stegs, Wolken, Himmel und gleißendes Wasser, in dem die Sonne sich spiegelt, schattiges Wasser unter dem Steg, durch die Ritzen kann sie es sehen, wenn sie sich mit dem Bauch auf die warmen Bretter legt, um nach dem Baden zu trocknen. Nachdem der Onkel schon fort war, hatte der Großvater sie noch zwei Sommer lang zum Segeln mitgenommen. Sicher steht die Jolle des Großvaters noch immer in der Werft des Dorfes. Seit vier Jahren im Winterquartier. Jetzt, ohne zu wissen, ob draußen Tag ist oder Nacht, greift das Mädchen nach der Hand, die der Großvater ausstreckt, steigt vom Steg auf den Bootsrand hinüber, sieht, wie der Großvater den Knoten, mit dem das Boot am Steg festgemacht ist, löst und das Seil ins Boot wirft.

Sämtliche Fenster des Hauses in der Nowolipiestraße, wo das Mädchen sich versteckt hält, stehen noch immer weit offen, bis vor wenigen Tagen waren alle Zimmer mit Menschen gefüllt, die atmen wollten, aber jetzt ist alles vollkommen still. Die Menschen aus den Zimmern sind fort, und auch unten auf der Straße geht niemand mehr, zieht niemand mehr einen Karren, niemand redet mehr, schreit oder weint, nicht einmal der Wind ist mehr zu hören, kein Fenster schlägt zu, keine Tür. Während das Mädchen in seiner schwarzen Kammer sitzt und seine Knie manchmal nach rechts dreht, manchmal nach links, während jenseits der Kammer in der Wohnung alles still ist, und jenseits der Wohnung unten auf der Straße alles still ist, und jenseits dieser Straße auch in allen anderen Straßen des Viertels alles vollkommen still ist, hört das Mädchen alles, was es einmal gab: Das Rauschen von Blättern, das Plätschern von Wellen, das Hupen des Dampfers, das Eintauchen von Rudern ins Wasser, das Klopfen der Handwerker von nebenan, das Knattern eines Segels. Von C-Dur entfernt man sich über G-Dur, D-Dur, A-Dur, E-Dur, H-Dur bis hin zu Fis-Dur Kreuz für Kreuz immer weiter. Aber von Fis wieder hin zu C ist es nur ein ganz kleiner Schritt. Vom Spielen auf allen schwarzen bis hin zum Spielen auf allen weißen Tasten ist es der allerkürzeste Weg, unmittelbar bevor man wieder die kinderleichte Tonart C-Dur erreicht, wimmelt es nur so von Kreuzen. So hat es ihr, bevor er nach Südafrika fuhr, Onkel Ludwig erklärt, und genauso stößt Doris jetzt, in dieser vollkommenen Stille und Leere, mit der Erinnerung an die Zeit an, in der alles da war.

Jetzt ist es nur noch ein kleiner Übergang, der ihr bevorsteht. Entweder verhungert sie hier in ihrem Versteck, oder sie wird gefunden und abtransportiert. Niemand von denen, die wußten, wer sie war, weiß mehr, daß sie da ist. Das macht den Übergang so gering. Schritt für Schritt ist sie bis hierher gelangt, bis beinahe zum Ende, das heißt, der Weg muß auch einen Anfang gehabt haben, und an diesem

Anfang muß sie um ein genauso Geringes vom Leben entfernt gewesen sein, wie sie es jetzt vom Tod ist. Der Anfang muß beinahe noch genauso ausgesehen haben wie das Leben, muß irgendwo mittendrin gewesen sein und noch unerkennbar als erster Teil dieses Weges, von dem sie erst jetzt weiß, wohin er führt. Wenn die Weide schon groß ist und mit ihren Haaren die Fische kitzelt, wirst du immer noch hier zu Besuch sein, bei deinen Cousins oder Cousinen, und dich daran erinnern, daß du geholfen hast, sie zu pflanzen. War damals das Leben noch heil? Wenn sie an Onkel Ludwig denkt, sieht sie ihn immer mit dem Spaten in der Hand am Ufer des Sees. Wenn sie an seine Verlobte Anna denkt, fällt ihr ein, wie die immer zu ihr sagte: Mach dich leicht!, bevor sie sie aufhub. Als könne das Mädchen allein durchs Denken sein Gewicht verringern. Als der Großvater mit einem Blick auf die Handtücher aus seiner eigenen Produktion das Badehaus abschloß, den Schlüssel für den Nachfolger aber im Schloß stecken ließ, hatte sie an seine Jolle gedacht, die in diesem Sommer zum ersten Mal auf dem Trockenen bleiben würde. Im Herbst gaben die Eltern sie nach Berlin zu einer Tante, damit sie den Hänseleien ihrer Schulkameradinnen über ihr jüdisches Blut nicht länger ausgesetzt wäre. Zwei Jahre lang Sonntag für Sonntag, immer nach dem Gottesdienst in der Kirche am Hohenzollernplatz, hatte sie sich bei dieser Tante ans Küchenfenster gesetzt und einen Brief an die Eltern geschrieben, von Montag bis Sonnabend jedoch nicht geschrieben, um Umschläge und Porto zu sparen. Zum letzten gemeinsamen Essen mit den Großeltern, die von der Levetzowstraße in Berlin-Moabit abtransportiert wurden, hatte die Tante Paprikaschoten gekocht. Zu Sylvester schenkte ihr eine

Freundin ein Schälchen mit Watte und Linsen. Wenn man die Watte feucht hielt, wuchs aus den Linsen ein kleiner Wald. Bei der Wollsammlung im Januar zögerte sie, neben den Mützen und dem großen Schal auch den kleinen Schal abzugeben, den konnte sie wie einen Turban binden, dann blieben zumindest die Ohren warm, aber wenn jemand das sah? Als die Ausreise nach Brasilien sich weiter verzögerte, ging sie bei zwölf Grad Minus mit Halbschuhen zur Schule statt mit Stiefeln, sicherheitshalber, um sich für Polen abzuhärten, denn dort war es bestimmt noch kälter als in Berlin. Den letzten Brief des Vaters sollte das Mädchen, so schrieb die Mutter, verbrennen, wegen der Ansteckungsgefahr. Das Gesetz, das dem Mädchen zur Beerdigung des Vaters die Fahrt nach Hause per Bahn gestattet hätte, kam nicht rechtzeitig heraus. Der See, an dem das Grundstück lag, das einmal ihrem Onkel gehört hatte, und auf dem sie nach der Abreise des Onkels noch zwei Sommer mit den Großeltern verbracht hatte, lag genau auf halber Strecke zwischen Berlin und Guben. War sie, Doris Tochter von Ernst und Elisabeth zwölf Jahre alt geboren in Guben, an dieser Stelle des Weges schon zur Hälfte von ihrem Leben entfernt, oder mehr, oder weniger?

Jetzt muß sie pinkeln, aber sie darf nicht aus der Kammer hinausgehen, das hat die Mutter, bevor sie zur Arbeit ging, zu ihr gesagt. Die Mutter wird nun nicht mehr kommen, denn inzwischen sind alle Bewohner der Wohnung fort, alle Bewohner des Hauses in der Nowolipiestraße, und alle Bewohner des Viertels, in dem das Haus steht. Inzwischen ist das Viertel wahrscheinlich abgesperrt, denn es ist schon sehr lange vollkommen still. Aber solange dieser Satz gilt, heißt sie noch Doris, so lange gibt es sie noch: Doris Tochter von Ernst und Elisabeth zwölf Jahre alt geboren in Guben. Sie steht also auf, stößt mit dem Kopf gegen die Decke ihres Verstecks und versucht, so zu pinkeln, daß das Brett, auf dem sie sitzt, nicht naß wird.

Sienna, Panska und Twarda. Krochmalna, Chlodna, Grzybowska. Ogrodowa, Lezno und Nowolipie, in der sich das Mädchen versteckt hält, dann Karmelicka, Gesia, Zamenhofa und Mila. Wenn man mit zwölf Jahren stirbt, erreicht man dann auch das Alter schon früher? Immer weniger war alles geworden, immer mehr Gepäck hatten sie zurücklassen müssen, oder es war ihnen abgenommen worden, als seien sie jetzt schon zu schwach, all das zu tragen, was zum Leben gehört, als wollte irgend jemand sie durch die Erleichterung ins Alter hineinzwängen. Zwei Wolldecken, keine Daunen, Proviant für fünf Tage, Armbanduhr, Handtasche, keine Dokumente. So hatte ihre Mutter, sie führend, das Ghetto betreten, und auch der Teil der Stadt, den sie betraten, war schon um vieles erleichtert. Bäume gab es dort nicht, schon gar keinen Park, aber auch keinen Fluß, keine Autos, keine elektrische Straßenbahn und nur noch so wenige Straßen, daß es nicht einmal ein Vaterunser lang dauerte, ihre Namen herunterzubeten. Was jetzt noch Welt war, konnte sogar ein Kind leicht zu Fuß erreichen. Und immer noch mehr geschrumpft war diese Welt, je näher das Ende kam. Zuerst war das kleine Ghetto geleert und aufgelöst worden, jetzt war der südliche Teil des großen dran, und bestimmt bald auch der Rest. Sei nicht so wild, hatte der Vater immer zu ihr gesagt, wenn sie quer über das Parkett durchs Zimmer schlitterte, hier nun war sie ein wildes Kind, aber wild hieß hier: nicht zu gehen statt einer andern, den Kopf nicht zum Zählen hinzuhalten, sich totzustellen, statt sich zum Sterben zu melden, überleben zu wollen, ohne zu trinken, zu essen. Niemals in ihrem Leben ist sie wilder gewesen, als in dieser winzigen Kammer, in der sie nicht spricht, nicht singt, nicht aufstehen kann und, wenn sie sitzt, mit den Knien gegen die Wand stößt. Sie, Doris Tochter von Ernst und Elisabeth zwölf Jahre alt geboren in Guben, ein wildes Kind, eine taube und blinde Alte, die ihre Glieder kaum mehr zu bewegen vermag.

In Brasilien, hatte der Vater gesagt, wirst du einen Sonnenhut brauchen. Gibt es in Brasilien auch Seen? Aber ja. Gibt es in Brasilien auch Bäume? Doppelt so große wie hier. Und unser Klavier? Das paßt nicht mehr rein, hatte der Vater gesagt und die Tür des Containers, in dem ihr Schreibpult stand, und mehrere Koffer mit Wäsche und Anziehsachen, und ihr Bett mit den Matratzen und all ihre Bücher, zugemacht und verschlossen. Auf dem Hof irgendeiner Gubener Spedition stand sicher immer noch dieser Container, aber das alles war schon so lange her, daß ihr Bett, käme sie jetzt in Brasilien an, viel zu kurz für sie wäre, und die Hemden und Strümpfe und Röcke und Blusen um mehrere Nummern zu klein. Die Gubener Wohnung war mit dem Packen des Containers für den Umzug nach Brasilien aufgelöst worden, danach wurde das Mädchen nach Berlin geschickt, und die Adresse seiner Eltern, an die es seine Sonntagsbriefe schickte, wechselte von einer schäbigen Gegend Gubens mehrmals in eine immer noch schäbigere. Aber solange es die Hoffnung auf Ausreise gab, fiel es für sie und ihre Eltern nicht ins Gewicht, daß sie selbst sich mit dem Packen für die Reise nach Brasilien den Teppich unter den Erinnerungen hatten wegziehen müssen. Als ihr Vater die Einberufung zur Zwangsarbeit beim Autobahnbau erhielt, stand der tropensichere Kühlschrank noch immer im Container auf dem Hof der Spedition. Erst mit dem Tod des Vaters hatte sich erwiesen, daß die Verpackung ihres Gubener Alltags ins Dunkle in Wahrheit eine Vorwegnahme ihrer eigenen Verpackung und beides zusammengenommen etwas Endgültiges war.

Der einzige Ort, der seit damals sich ähnlich geblieben sein wird, und über den das Mädchen sogar von hier aus, von ihrer dunklen Kammer aus, noch immer sagen könnte, wie er zur Stunde aussieht, ist das Grundstück von Onkel Ludwig. Vielleicht erinnert sie sich deshalb genauer als an alles andre an die paar Wochenenden und die zwei Sommer, die sie dort verbracht hat. Auf Onkel Ludwigs Grundstück kann sie noch immer von Baum zu Baum gehen und sich hinter den Büschen verstecken, auf den See blicken kann sie und wissen, daß der See noch immer dort ist. Und solange sie noch irgend etwas auf dieser Welt kennt, ist sie noch nicht in der Fremde.

Tatsächlich wurde schon Wochen zuvor, genau an dem Tag im Juni, an dem ihre Mutter zur Gesia gegangen war, um auf dem Schwarzmarkt die Armbanduhr zu verkaufen, und sie selbst auf der Karmelickastraße bei einem Händler das Buch entdeckte, dessen Lektüre ihr die Mutter so lange verwehrt hatte, einen Roman mit dem Titel »Heimatlos«, wurde an genau diesem Tag, an dem sie, auf der Karmelicka stehend und im Gedränge nur schwer ihren Platz behauptend, in dem Buch blätterte und las und froh war, daß der Besitzer des fliegenden Standes nicht genug Kraft hatte, ihr das Lesen ohne Bezahlung zu verwehren, wurde an ebendiesem Tag ihr gesamter Gubener Hausrat in der umgekehrten Reihenfolge, in der ihr Vater und ihre Mutter ihn zwei Jahre zuvor für die Ausreise nach Brasilien in die Container gepackt hatten, von Herrn Carl Pflüger und dem ihm beigeordneten Kriminalkommissar Pauschel aus den Containern herausgenommen und für die Versteigerung hergerichtet. An ebendem Tag, an dem sie so lange auf der Karmelickastraße stand und las, weil sie kein Geld besaß, um das Buch zu kaufen, und, solange sie las, nicht an gefüllte Paprikaschoten denken mußte, oder an Eierkuchen mit Apfelmus oder auch nur an ein einfaches Brot mit Butter und Salz, genau an diesem Tag im Juni, etwa zwei Monate nach ihrer Ankunft in Warschau, wurde, ohne daß sie es wußte, in Guben ihr Kinderbett, laufende Nummer 48, für Mk. 20,– an Frau Warnitschek aus der Neustädter Straße 17 versteigert, ihre Kakaokanne, laufende Nummer 119, an Herrn Schulz aus der Alten Poststraße 42, nur wenige Häuser neben dem Haus, in dem sie gewohnt hatten, und die Ziehharmonika ihres Vaters, laufende Nummer 133, für Mk. 36,– an Herrn Moosmann, Salzmarktstraße 6. Am Abend dieses Tages, an dem sie erst kurz vor der Sperrstunde in ihr Quartier zurückging, an diesem Abend eines der längsten Tage des Jahres 1942, an dem ein leichter, frühsommerlicher Wind die Zeitungen fortwehte, mit denen die Körper der Toten bedeckt waren, und Verwesungsgeruch aufstieg, an diesem hellen Abend, an dem sie, wie sie es sich hier angewöhnt hatte, in Schlangenlinien heimging, um nicht über die Leichen zu stolpern, am Abend dieses Tages, an dem sich wie an allen anderen Abenden das Weinen der elternlosen Kinder in den Hausfluren erhob, an diesem Montagabend, an dem ihre Mutter ihr die für die Armbanduhr eingetauschten Kartoffeln vorsetzte, sehr wahrscheinlich die letzten, die sie in ihrem Leben gegessen haben würde, an diesem Abend schon ruhten all die Bettlaken von Ernst, Elisabeth und Doris, je paarweise für Preise zwischen Mk. 8, Pf. 40 und Mk. 8, Pf. 70 ersteigert, laufende Nummern 177 bis 185, glattgestrichen in den Wäscheschränken, der Familien Wittger, Schulz, Müller, Seiler, Langmann und Brühl, Klemker, Fröhlich und Wulf.

So dunkel, wie es hier ist, war es wahrscheinlich auch damals unter dem Boot, das kurz vor dem Ufer kenterte, als der Junge aus dem Dorf es zum Steg hinsegeln wollte. Bevor er ins Dorf zurückging, hatte das Mädchen ihn oben am Sandweg noch zu den Himbeersträuchern geführt. Später hatte der Junge ihr dafür gezeigt, wie man schwimmt. Ganz nahe beim Ufer, wo das Wasser so flach war, daß sie beim Schwimmen mit den Füßen über den Grund streifte, hatte sie zum ersten Mal das Gefühl gehabt, daß das Wasser sie trug. In diesem Sommer auch hatte die Nachbarin ihr gezeigt, wie man Krebse fängt. Aber gab es überhaupt Krebse, einen See, ein Boot, Himbeersträucher? War dieser Junge noch da, wenn sie ihn nicht sah? War außer ihr noch irgendwer auf der Welt? Jetzt wird ihr klar, was sie die ganze Zeit nicht bedacht hat: Wenn niemand mehr weiß, daß sie da ist, wenn sie nicht mehr da ist, wer weiß dann von der Welt?

Sie hat nicht bemerkt, daß der Boden des alten Hauses, in dem sie sich versteckt, nicht ganz eben ist, und weil es so dunkel ist, daß sie nichts sieht, kann sie auch nicht sehen, wie sich das Rinnsal unter der Tür ihres Verstecks hindurch nach draußen schlängelt, in die verlassene Küche einer verlassenen Wohnung in der verlassenen Nowolipiestraße in Warschau. Als das Werterfassungskommando unter Leitung eines deutschen Soldaten die Wohnung übernimmt, hat das Rinnsal auf dem Küchenfußboden einen kleinen See gebildet.

Zum letzten Mal muß sie jetzt die Zamenhofa entlang nordwärts gehen, die Sonne im Rücken. Neben ihr gehen andere, die sie nicht kennt, jetzt ist allen glücklichen Zufällen der Atem ausgegangen, jetzt gehen alle endlich für immer heim. In den leeren Straßen, die der Zug Block um Block kreuzt, liegen die zerschellten Tische und Betten derer, die diesen Weg schon vor ihnen gegangen sind, auf dem Pflaster im Schatten der Häuser. Dadurch, daß das Ghetto zu keinem Zeitpunkt besonders groß war, weiß das Mädchen ganz genau, was es hinter sich läßt. Die paar Straßen beim Namen zu nennen, dauert nicht einmal so lang wie ein Vaterunser.

Schmeling sei einmal, einen Baumstamm quer über die Schultern gelegt, zu Fuß den ganzen Weg von seinem Sommerhaus im benachbarten Kurort bis zur Badewiese im Dorf gegangen. So hat der seine Armmuskeln trainiert, hatte der Junge aus dem Dorf zu ihr gesagt. Sie hatte gesagt, das glaube sie nicht, und der Junge hatte gesagt, doch, er sei selbst dabeigewesen, als Schmeling eintraf. Auf der Badewiese habe Schmeling den Baumstamm abgeworfen, als sei der aus Papier, habe sich einmal gestreckt, sei dann ins Wasser gesprungen und so weit hinausgeschwommen, daß man ihn gar nicht mehr habe sehen können. Ein Dörfler habe gerufen: Menschenskind, unser Schmeling ersäuft! Er habe das damals geglaubt und den Dörfler inständig gebeten, hinterherzuschwimmen und den Boxer zu retten. Dabei sei das nur ein Scherz gewesen.

Von den hundertzwanzig Menschen im Waggon ersticken während der zweistündigen Fahrt ungefähr dreißig. Weil sie ein elternloses Kind ist, gilt sie, wie auch einige Alte, die nicht mehr gehen können, und ein paar, die während der Fahrt den Verstand verloren haben, als Hindernis für den reibungslosen Ablauf und wird deshalb gleich nach der Ankunft beiseite getrieben, an einem Kleiderhaufen vorüber, der so hoch ist wie ein Berg, Nackliger, muß sie denken und erinnert sich an ihr eigenes Lächeln, das sie damals gelächelt hat, als sie vom Gärtner den komischen Namen der Untiefe erfuhr. Zwei Minuten lang wölbt sich über ihr ein leicht bewölkter weißlicher Himmel, so wie am See immer kurz vor dem Regen, zwei Minuten lang atmet sie den Geruch nach Kiefern ein, den sie so gut kennt, nur die Kiefern selbst kann sie wegen des hohen Zauns nicht sehen. Ist sie tatsächlich nach Hause gekommen? Zwei Minuten lang spürt sie den Sand unter den Schuhen, auch ein paar kleine Feuersteine und Kiesel aus Quarz oder Granit, bevor sie die Schuhe für immer auszieht und sich auf das Brett stellt, um sich erschießen zu lassen.

Nichts Schöneres, als mit offenen Augen zu tauchen. Hinzutauchen bis zu den schimmernden Beinen von Mutter und Vater, die eben schwimmen waren und nun durch das flache Wasser zurück zum Ufer waten. Nichts Schöneres, als sie zu kitzeln und, durchs Wasser gedämpft, zu hören, wie sie kreischen, um ihrem Kind eine Freude zu machen.

Drei Jahre lang hat das Mädchen Klavierspielen gelernt, aber jetzt, während sein toter Körper in die Grube hinunterrutscht, wird das Wort Klavier von den Menschen zurückgenommen, jetzt wird der Rückwärtsüberschlag am Reck, den das Mädchen besser beherrschte als seine Schulkameradinnen, zurückgenommen und auch alle Bewegungen, die ein Schwimmender macht, das Greifen nach Krebsen wird zurückgenommen, ebenso wie die kleine Knotenkunde beim Segeln, all das wird ins Unerfundene zurückgenommen, und schließlich, ganz zuletzt, auch der Name des Mädchens selbst, bei dem niemals mehr jemand es rufen wird: Doris.

Der Gärtner

Im Winter bringt der Gärtner die schon abgelagerten Scheite aus den früheren Jahren mit der Schubkarre zum Haus hinauf und heizt für die Hausherrin und ihre Nichte den Ofen.

Er beschneidet Apfel und Birne. Im Frühling hilft er der Hausherrin beim Hinuntertragen der Kisten, in denen sie alles Wertvolle verstaut hat, um es vor den Russen zu retten. Er bringt Ruder und Dollen, als sie mit dem Boot hinausfahren will, um die Kisten auf der Untiefe des Nackligen zu versenken. Als die Russen kommen, stellen sie an die zweihundert Pferde in den Garten, etwa 70 auf die kleinere Wiese direkt vor dem Haus, und etwa 130 auf die größere, zur Rechten des Weges, der zum See hinabführt. Die Pferde scharren mit ihren Hufen im Boden, der gerade taut und sich innerhalb eines Tages in einen Morast verwandelt, die Pferde fressen, was sich ihnen ringsum an Futter bietet: die frischen Blätter und Blüten des Forsythienstrauchs, die jungen Triebe der Tannenbüsche und die Knospen von Hasel und Flieder. Die Russen beschlagnahmen den gesamten Honigvorrat. Zu dieser Zeit hat der Kartoffelkäfer in gegenläufiger Bewegung zur Marschrichtung der Rotarmisten die Sowjetunion bereits erreicht und schickt sich an, die Kartoffelfelder, die von den Deutschen verschont geblieben sind, leerzufressen.

Der Rotarmist

Nachts sind noch einmal zwölf Pferde gebracht worden. Insgesamt stehen jetzt über zweihundert im Garten, schnaubend und scharrend. Der junge Rotarmist geht zwischen ihnen hindurch wie durch einen Stall, dessen Dach der mondlose Himmel ist. Der Geruch nach Tier schließt den Garten gegen die Nacht besser ab, als Wände es könnten oder ein Tor. Schwarz die Bäume, schwarz die Büsche, schwarz das von den Hufen zertretene Gras, schwarz die Leiber der Tiere, die dem Jungen so vertraut sind, daß er auch blind von Pferd zu Pferd gehen könnte, um sich seinen Weg ins Haus zu ertasten. Der Junge hat den anderen den Befehl gegeben, noch einmal loszuziehen, um die Umgegend nach verstecktem Vieh abzusuchen. Im Haus stinkt es nach den Ausscheidungen seiner Leute. Je reicher die Häuser, in denen sie Quartier machen, desto mehr wird geschissen, als müsse auf diese Weise irgend etwas, das aus dem Lot ist, wieder richtig gerückt werden. Seine Leute haben, sich gegenseitig befeuernd, auf den glänzenden Steinfußboden geschissen, haben gegen die bemalte Tür gepinkelt und hinter den Ofen gekotzt. Deshalb hat er sich in diesem Haus oben eingerichtet, in einem kleinen Zimmer mit Balkon. Er selbst pinkelt vom Balkon hinunter und scheißt in den Garten, aber nur, weil er bei diesen Dingen lieber allein ist. Erst in letzter Zeit, seit sie tief in deutsches Gebiet eingedrungen sind, hat die Wut der Soldaten diesen Grad erreicht, in dem mit dem Innern des eigenen Körpers der Krieg geführt wird. Je mehr deutsche Häuser sie betraten, desto schmerzhafter stellte sich ihnen die Frage, warum die Deutschen nicht hatten dort bleiben können, wo ihnen zum Bleiben nichts, aber auch wirklich nicht das Allergeringste fehlte.

Der junge Rotarmist hat sich aus vielem herausgehalten, was die älteren Soldaten anstellen, nur aus den Kämpfen nicht. Deshalb ist er, obgleich seine Haut noch den flaumigen Glanz des Kindes hat, schon Major. Freiwillig hat er sich gemeldet mit fünfzehn, nachdem seine Mutter, sein Vater und seine Schwestern von den Deutschen umgebracht worden waren. Seine kleine Schwester, erst vier Jahre alt, hatte er zuerst gefunden, als er von der Koppel ins elterliche Haus zurückkehrte. Sie schwamm im Brunnen, das Gesicht nach oben. In der Nacht davor hatte sie noch im selben Bett mit ihm gelegen und geatmet. Von da an war er immer in der vordersten Linie gewesen, und irgendwann war aus dem Vertreiben ein Einnehmen geworden, und aus der Verteidigung der Heimat ein Wüten in der Fremde, die er sonst sicher niemals in seinem Leben betreten hätte. Wie ein Kraut, das ausgerissen und in hohem Bogen durch die Luft geschleudert wird, trug ihn eine Kraft vorwärts, die jenseits von ihm selbst, jenseits seines noch immer kindlichen Körpers lag, und die machte, daß er marschierte und kämpfte und einnahm, um die Deutschen auf der Landkarte immer weiter zu schieben, über ihr Land hinaus zu schieben, durch die Schweiz oder Frankreich oder Österreich und Italien immer weiter hinunterzuschieben bis ins Mittelmeer oder den Atlantik, ihnen dann nachzusinken in die Tiefe, immer weiter, bis dahin, wo die Bewegung der Feinde und seine eigene endlich durch dieselbe Stille erstickt würde. Seine kleine Schwester war wahrscheinlich aus dem Haus gelaufen und dort von den Deutschen gefaßt worden.

Sein Vater, seine Mutter und seine größere Schwester waren in ihrem Haus verbrannt. Die Hände, die Brüste und die Augen seiner Mutter waren im Haus verbrannt.

Rings um das Bett, in dem er jetzt schläft, ist die Wand bis zu halber Höhe mit rosafarbener Seide bezogen. Diese Seide verbirgt große Klappen, die in die Wand eingelassen sind und sich mit einem Vierkantschlüssel öffnen lassen, hinter den Klappen war das Bettzeug, in dem er jetzt schon seit einigen Tagen schläft. Das Bettzeug riecht nach Pfefferminz und nach Kampfer, ebenso wie der cremefarbene Morgenmantel, den er im Innern eines flachen Schrankes gegenüber vom Bett gefunden hat. Dieser flache Schrank ist, rechts und links von hölzernen Säulen flankiert, wie eine Tür in die Wand eingelassen und mit einem Knauf aus Messing zu öffnen, an der Innenseite der Schranktür ist ein mannshoher Spiegel angebracht. Als er das Zimmer bezog, hatte der junge Rotarmist die Tür geöffnet, um zu schauen, was dahinter ist, hatte den Morgenmantel dort hängen sehen, und, ohne zu wissen warum, den Stoff in die Hände genommen und an ihm gerochen, Pfefferminz und Kampfer, der Spiegel hatte währenddessen sein Bild stumm gespiegelt, von den kurzen russischen Haaren bis zur sehr dünn gewordenen Sohle der Stiefel, mit denen er aus der Heimat bis hierher marschiert war, alles im deutschen Spiegel, dann hatte der Junge die Tür wieder geschlossen. Manchmal geht er seitdem, wenn er abends allein im Zimmer ist, zu dem flachen Schrank hinüber, öffnet ihn, ohne zu wissen warum, versenkt sein Gesicht einige Zeit in den cremefarbenen Stoff, schenkt dem Spiegelbild keine Beachtung, schließt die Tür irgendwann wieder und legt sich zu

Bett. Auch in dieser Nacht greift er in den glatten, glänzenden Stoff hinein, zieht ihn an sein Gesicht, reibt ihn zwischen den Fingern, reibt die eine rauhe Innenseite an der anderen, atmet Pfefferminz und Kampfer tief ein, bevor er den Schrank schließt und sich aufs Bett legt, rings um sich die mit rosafarbener Seide bezogenen Wände, die Balkontür steht zum Dunklen hin offen, und unten im Garten wiehern leise die Pferde und scharren und schnauben in dem riesigen dumpfen Stall, der bis zu den Sternen reicht.

Und dann ist da in dieser Nacht noch ein Geräusch, ein Rascheln wie von den Mardern, die im Dachboden ihre Nester haben, einen hat er gestern erwischt, das Fell hängt jetzt über dem Gitter des kleinen Balkons, wieder raschelt es hinter der Wand, in die der flache Schrank eingelassen ist. Der junge Rotarmist steht schnell auf, noch bevor er denken kann, daß in einer Wand, wenn alles so ist, wie es sein soll, kein Marder Platz hat. Er öffnet die Tür, und sofort wird es still hinter der Wand, an der der Morgenmantel hängt. Erst jetzt tritt er zurück und betrachtet den flachen Schrank von oben bis unten, betrachtet die hölzernen Säulen, die ihn flankieren, erst jetzt sieht er, daß sie nicht ganz auf dem Boden aufsetzen, in den wenigen Millimetern Zwischenraum, die die Säulen vom Boden trennen, sieht er, als er sich nun auf den Boden hinkniet, die äußerste Rundung kleiner, beinahe ganz im Innern der Säulen verborgener Rädchen. Erst jetzt auch sieht er, daß in den weichen Fußboden aus Kork direkt vor dem flachen Schrank schon ein Halbkreis geschliffen ist, die Tür mit dem Spiegel aber ging immer ganz leicht auf. In den restlichen Bruchteilen der Sekunde, in der er all dies denkt und begreift, denkt und begreift er auch, daß auf der anderen Seite des flachen Schrankes jemand atmet, der alle seine Gedanken schon kennt und nun das Ende dieser sehr, sehr langen Sekunde erwartet.

Er greift nach seinem Revolver, schließt leise die Spiegeltür, und zieht dann plötzlich mit einem kräftigen Ruck am Metallknauf, ohne ihn dabei zu drehen, wie sonst. Wie erwartet, löst sich jetzt die eine der hölzernen Säulen aus der Wandtäfelung, und der flache Schrank folgt mit einem leisen Quietschen dem kräftigen Zug, als hätte der Junge die dicke Seite eines hölzernen Buchs aufgeschlagen. Der Junge blickt in den bisher verborgenen tiefen Schrank, sieht Jacketts, Kleider, Mäntel, Hemden und Blusen, die dicht an dicht nebeneinander hängen, im Fach darüber Pullover, Tücher und Hüte. Kleiderstange und Ablage verlieren sich rechts von der Türöffnung im Dunkel. Von dort her raschelt es auch, aber der junge Rotarmist kann nichts sehen. Nur ein sehr lebendiger Geruch nach Urin und Kot schlägt ihm entgegen, und er sieht unter den Kleidern einen Topf, der mit Unrat gefüllt ist. Die einen scheißen aus Angst, die anderen, weil sie nicht aus ihrem Versteck herauskönnen, und die dritten aus Wut, denkt er, und alles zusammengenommen heißt Krieg. Vielleicht haben die Deutschen vorher zuviel verborgen, denkt er, jetzt, wo er auf den geheimen Kleiderschrank gestoßen ist, sogar das Bettzeug haben sie in der Wand versteckt und die Heizungen hinter Holzgittern. Und haben nicht einmal damit gerechnet, daß der Krieg auf sie zurückschwappt, haben das alles nur vor ihren eigenen Blicken verborgen. Jetzt wird nun endlich einmal alles herausgezerrt: Kleider, Schmuckstücke, Fahrräder,

Vieh, Pferde und Frauen. Jetzt sehen es alle andern, und sie selbst müssen es auch sehen. Alles wird ans Licht gezerrt und benutzt, wer lebt, wäscht sich nicht mehr, und wer verschüttet wurde, der fault und fängt auch an zu stinken.

Der Rotarmist drängt sich mit dem ins Dunkel gerichteten Revolver zwischen den Kleidern nach hinten, bis er auf einen Körper stößt, der stumm Gegenwehr zu leisten beginnt, als er nach ihm greift. Vor dem Krieg war der Rotarmist noch ein Kind, und während des Krieges hat er sich für die Benutzung von Frauen nie interessiert, aber hier, während er den Revolver wieder einsteckt, um mit beiden Händen festhalten zu können, was sich unter seinem Griff windet, ist er so damit beschäftigt, zu packen und zu halten, und durch das Packen und Halten so zur Nähe gezwungen, daß er, noch bevor er denken kann, was er tut, im Dunkeln die warmen Brüste einer Frau berührt, die sich noch immer wehrt, und ihn durch ihre Wehr zu sich hintreibt, dann spürt er ihre Haare auf seinem Gesicht, und schließlich, als er sie in die hinterste Ecke drängt, und sie ihm in den Arm beißt, und er ihr die Arme auf dem Rücken verdreht, streift ihn der Geruch nach Kampfer und Pfefferminz, dieser Geruch nach Krankheiten, die man im Bett ausliegt, dieser Geruch nach Reife und Frieden.

Da wird er ruhig, und ruhig beginnt er, die Lippen zu küssen, die er nicht sehen kann, er, der noch nie jemanden auf den Mund geküßt hat, küßt diesen mit größter Wahrscheinlichkeit deutschen Mund, der voll ist und vielleicht ein wenig welk, aber das kann er nicht einschätzen, weil er noch nie jemanden auf den Mund geküßt hat, dann gibt er die Arme frei und streicht der Frau über den Kopf, sie wehrt sich nicht mehr, aber er hört, wie sie zu weinen beginnt, er streicht ihr über den Kopf, wie um sie zu trösten, und weiß dann nicht mehr weiter, obgleich er schon oft gesehen hat, was seine Männer in vergleichbaren Situationen getan haben. Mama, sagt er, ohne zu wissen, was er sagt, so dunkel ist es, daß man nicht einmal seine eigenen Worte sehen kann, da stößt sie ihn von sich, er stolpert, fällt hin, sie tritt nach ihm, er versucht, sie wieder zu halten, umfaßt dabei ihre Knie, da steht sie still, dann zieht sie langsam ihr Kleid ein wenig nach oben, er legt seine Stirn an ihren Leib, unter dem Kleid scheint sie nackt zu sein, er zieht den Geruch nach Leben, der aus dem krausen Haar dringt, tief ein. Sie sagt ein, zwei Worte, aber auch ihre Worte kann man in dem dunklen Versteck nicht sehen. Vielleicht besteht der Krieg nur in der Verwischung der Fronten, denn jetzt, da sie seinen Kopf zwischen ihre Beine schiebt, vielleicht nur deswegen zwischen ihre Beine schiebt, weil sie weiß, daß der Soldat eine Waffe hat, und es klüger ist, sich nicht zu wehren, übernimmt sie die Führung, vielleicht besteht darin der Krieg, daß immer einer aus Angst vor dem andern die Führung übernimmt, und dann wieder umgekehrt, und immer so weiter. Und als jetzt der junge Soldat, vielleicht nur aus Angst vor der Frau, seine Zunge zwischen die krausen Haare schiebt, und was er schmeckt, schmeckt nach Eisen, ergießt sich, erst sanft, dann heftiger, ein heißer Schwall über sein Gesicht, die Frau pinkelt ihm aufs Gesicht, so, wie seine Männer die bemalte Tür unten in der Vorhalle des Hauses angepinkelt haben, pinkelt die Frau ihn an, also führt sie doch Krieg, oder ist das die Liebe, der Soldat weiß es nicht, beides sieht sich so ähnlich, jetzt, da es an ihm wäre, die Führung zu übernehmen, kniet er noch immer, und in all dem Nassen laufen ihm jetzt Tränen über sein Gesicht, und seine Tränen haben die gleiche Temperatur, wie der große Fluß, der ihn überschwemmt, und mit dem die Tränen sich hier, in den Tiefen eines deutschen Schrankes, vermischen. Statt die Führung zu übernehmen, bleibt er zu den Füßen der Frau knieen und schluchzt jetzt hörbar, aber vielleicht ist es gerade seine Schwäche, die die Frau viel wirksamer entwaffnet, als es Gewalt vermocht hätte. Denn sie zieht ihn endlich nach oben, trocknet ihm mit einem der Kleidungsstücke, zwischen denen sie stehen, das Gesicht ab und spricht leise zu ihm. Es fehlt nicht viel, und sie würde ihn mit einem kleinen Klaps auf den Po zum Schrank hinausschieben, wie eine Mutter, die ihr Söhnchen auf den Weg zur Schule verabschiedet.

Dort, wo er zu Hause war, gab es so etwas nicht. Es ist, als hätte die Kindheit zusammen mit der Heimat aufgehört. Dort, wo seine Heimat war, trugen die Mädchen auf dem Schulweg zwei Zöpfe oder Affenschaukeln mit großen rotseidenen Schleifen und ein dreieckiges Halstuch. Sie hielten beim Gehen den Kopf auf eine Weise erhoben, wie er es hier in Deutschland noch bei keiner Frau gesehen hat, so, als sei alles von ihnen genommen, was sie beugen könnte. An Sommerabenden spazierten sie, mit so erhobenem Haupt, noch einmal hinaus bis an den Feldrand, hakten sich dabei zu zweit oder zu dritt unter, unterhielten sich und lachten, wenn sie die Jungen an der Linde lehnen sahen, sie lachten und gingen vorüber, und die Schwalben flogen, und die Jungen saßen und standen um die Linde herum, und manchmal, ganz selten, gelang es ihnen, die

Mädchen auf dem Heimweg in ein Gespräch zu verwickeln, und nur ein einziges Mal hatte eines der Mädchen das Angebot der Jungen angenommen und sich auf die Bank gesetzt, die unter der Linde stand, die Jungen waren alle sofort aufgestanden, schlaksig und flaumig, und hatten sich angerempelt und herumgeschubst, während das Mädchen ungefähr fünf Minuten dort saß und mit ihnen scherzte. Frauen, die sich auf der Straße oder in ihren Wohnungen ganz offen anboten, wie hier in Deutschland, hatte er in seiner Heimat niemals gesehen, auch keine anrüchigen Bilder oder Zeitungen. Zwei, drei Städte zurück, in einem deutschen Fotoatelier, dessen Schaufensterscheiben zersplittert und dessen Mauern zerbombt waren, war sein Blick, während seine Männer das Geschäft plünderten, auf ein zerknicktes Bild gefallen, das am Boden lag, darauf hatte er gesehen, wie eine nackte Frau eine andere Nackte mit der Peitsche bedrohte. Dieses Foto war von den Mosaiken, mit denen die Bürgermeisterei des nächstgrößeren Ortes in seiner Heimat geschmückt war, so weit entfernt wie Russland von Deutschland. Auf den Mosaiken gab es Frauen mit Garben im Arm, junge Studentinnen, die Reagenzgläser in der Hand hielten, und Mütter mit Kindern auf der Hüfte. Zu beobachten, wie ein Mädchen beim Baden seinen Zopf auflöst, und dann zu sehen, wie das Haar fällt, hätte zu Hause ausgereicht, um sich zu verlieben, die Frauen mit der Peitsche dagegen verbanden sich für ihn mit dem in Trümmer gegangenen und geplünderten Fotoatelier, so als stünden sie auf Schichten und Schichten von Dingen, die zertrampelt, zerrissen und abgegriffen waren, und peitschten sich, um mit der letzten bösen Freude alles in Brand zu setzen und abzufackeln. Seine Männer hatten dieses und andere Bilder ähnlicher Art an sich genommen und trugen sie jetzt in ihren Uniformjacken mit sich herum, Gesicht an Gesicht mit den Fotos ihrer Frauen und Kinder. In der Schule hatte er gelernt, daß in der Sowjetunion die Saat für die glückliche Zukunft der Menschheit gesät würde. Aber nun, auf der Reise durch Deutschland, die der Krieg war, holte die sowjetischen Männer eine schmutzige Vergangenheit ein, die ihnen bis dahin unbekannt gewesen war, und riß sie zurück in die Fremde. Und doch gab es, wenn man in Betracht zog, daß Polen seit Kriegsbeginn praktisch abgeschafft war, auch eine Grenze, an der Rußland und Deutschland aneinanderstießen.

In die Stille hinein greift die Frau nun wieder an, greift mitten in ihn hinein, träum nicht so viel, hat seine Mutter immer zu ihm gesagt, packt durch die Hose hindurch seinen Schwanz und drückt den Jungen zu Boden, viel stärker ist sie als er, jetzt wirft sie sich über ihn, hier ist keine Deckung, will sie ihn decken, diese Stute, mit erfahrenen Händen reißt sie ihm die Hose auf und pfählt sich auf ihm, reitet ihn ein, packt ihn an der Gurgel und würgt, Verwünschungen flüsternd, er wehrt sich nicht mehr, treibt ihr, wenn sie es so will, seinen Stachel ins Fleisch, sie hält ihm den Mund zu und spuckt auf sein Gesicht, reibt sich an ihm, er stößt, sie reißt sich die Bluse auf, klatscht ihre Brüste in sein Gesicht, und er, hört sich stöhnen, hört sich Nein sagen auf Russisch, und sie sagt Doch, da stößt er die Stute zuschanden, Sieg reibt sich an Niederlage, und Niederlage an Sieg, und Schweiß, und Säfte zwischen den Völkern, und spritzen, spritzen, bis alles Leben herausgespritzt ist, der letzte Schrei in allen Sprachen der gleiche. Jetzt ist der

Tod endlich zur Strecke gebracht, auch Jugend und Alter, das, was war, und auch das, was kommen sollte, kann man getrost vergessen, jetzt ist überhaupt nichts mehr da, nichts, nichts, nur müder Atem, der schweift noch zwischen den Mündern, ein Rest von was, schlaff wie die Sommerkleider zu Häupten des Rotarmisten und dieser Frau, die im Dunkel nicht zu erkennen ist. Im letzten Sommer, als vielleicht sie oder eine andere diese Kleider trug, war hier noch Frieden.

Eigentlich hat er nur einen Schrank aufgemacht.

Jetzt macht er den Schrank wieder zu.

Draußen sind seine Leute zugange, eben zurückgekehrt von ihrem Streifzug. Er hört sie bei den Pferden im Garten rufen und reden, dann betritt das Rufen und Reden das Haus, sie rufen zu ihm hinauf, er sagt: Ich komme. Er geht die Treppe hinunter, sieht seine Leute sich rekeln auf der Bank, Heringe liegen auf fettgetränktem Papier auf dem langen Tisch, auch Brot, ein anderer stellt gerade eine Flasche Wodka daneben. Pferde gibt's nicht mehr, sagen sie, dafür im Wald ein paar deutsche Uniformen, nur schlecht versteckt, unter Laub. Sie sagen: Die Deutschen sind über alle Berge. Einer probiert gerade einen der deutschen Mäntel an. Nicht schlecht, sagt er, paßt. Auf dem Boden liegt sein sowjetischer Mantel, schon ganz zerschlissen. Das mach ich auch, sagt ein andrer und beginnt, sich auszuziehen. Ich schlafe heute hier unten, sagt der junge Major. Hast dich wohl allein hier gefürchtet, sagt einer der älteren Soldaten und lacht und ruft: Los, gebt ihm die Polster von der Bank, zwei andere nehmen ein Polster von den kleinen messingnen Haken, an denen es hängt, und johlen, als jetzt die Rückwand zu sehen ist: mit Leder bezogen. Da sind ja meine neuen Stiefel, ruft einer der beiden und zieht ein Messer. Moment, sagt der junge Major, die Stiefel sind für mich. Er schiebt den Tisch beiseite, wirft dem, der den deutschen Mantel trägt, das Polster zu, nimmt dem andern das Messer aus der Hand, der sagt: Immer auf die Kleinen und grinst, weil er viel größer und kräftiger ist als der Major, und jeder das sehen kann, und die anderen grinsen auch, als er sich jetzt auf die Bank kniet, um besser schneiden zu können. Noch zwei Polster gibt es, beide nimmt er ab und wirft sie den anderen zu, Quadrat für Quadrat schneidet er das Leder herunter, zwölf kräftige Schnitte, entschieden schneidet er, aber ganz ohne Gier, so als handle es sich nur um eine notwendige Operation zur Rettung eines Verletzten. Zwei fangen indessen an, sich um den letzten deutschen Mantel zu streiten. Ein anderer rülpst. Einer legt sich auf die Ofenbank zum Schlafen hin und sagt: Fast wie zu Hause. Draußen wird es schon hell, aber durch die farbigen Butzenscheiben in den Fenstern ist das Morgengrauen in diesem Haus grün. Zwei Stunden schlafen, dann werden die Pferde fertiggemacht, und mittags gehts weiter, sagt der Major. Er legt die Lederquadrate übereinander, rollt sie zusammen, und steckt sie sich, als er sich jetzt auf die Polster zum Schlafen hinlegt, als lederne Rolle unter den Kopf.

Am Morgen, als die anderen schon dabei sind, die Pferde aus dem Garten auf den Sandweg hinauszutreiben, nimmt er ein halbes Brot und geht noch einmal ins Zimmer hinauf. Dort pflückt er den Marderbalg vom Geländer des Balkons, wirft ihn sich über die Schulter, geht dann zum

Schrank hinüber, greift eine der falschen Säulen fest an und zieht den Schrank auf. Ohne hineinzusehen, wirft er den Brotkanten nach hinten ins Dunkle, schließt den Schrank wieder und verläßt das Zimmer. Mit dem Balg, der ihm als roher Pelz über der Schulter hängt, und der Lederrolle in der Manteltasche sieht er aus wie ein Jäger. Zu Hause, in seinem Dorf, gab es so einen, der hatte sich an das Leben im Wald so gewöhnt, daß er nur zum Verkauf oder zum Eintauschen seiner Beute gegen Waffen und Munition zu den Menschen zurückkam. Der war bei den Tieren, die früher oder später seine Jagdbeute wurden, mehr daheim als unter den Menschen. Manchmal kam er lange nicht ins Dorf, und dann doch wieder, so daß man nie wußte, ob er schon gestorben war. Jetzt gab es das Dorf nicht mehr, aber der Jäger strich womöglich immer noch durch die Wälder. Oder er hatte sich längst zu den Tieren gelegt und war, endlich seine eigene Beute, verendet.

Der Gärtner

Nachdem die Russen abgezogen sind, beschneidet der Gärtner die Sträucher und Büsche, damit sie vielleicht ein zweites Mal treiben. Er gräbt die Erde auf der kleinen und der großen Wiese um und setzt dort im Abstand von 40 Zentimetern Kartoffeln. Die Kartoffelpflanzen brauchen viel Wasser. Der Gärtner bringt der Hausherrin aus der Werkstatt Ruder und Dollen und ist ihr dabei behilflich, die auf der Untiefe des Nackligen versenkten Kisten wieder heraufzuholen und ins Haus zurückzubringen. Er schleudert den Honig. Am Abend setzt er sich auf die Schwelle des Bienenhauses und raucht Zigarre, bei Einbruch der Nacht legt er sich neben dem Schleuderkessel auf seiner Liege schlafen. Als die Kartoffelpflanzen zwischen 15 und 20 Zentimeter hoch sind, häufelt er an. Er streicht den Steg mit Teerfarbe nach und ersetzt morsch gewordene Bretter. Er beschneidet die Weide, die am Ufer wächst und deren Zweige über den Anfang des Steges schon so tief herunterhängen, daß sie stören, wenn man ihn betritt. Er legt neue Waben in die Stöcke der Bienen. Er jätet das Unkraut zwischen den Rosen und auf dem Beet vor dem Haus. Er gießt Büsche, Kartoffeln und Blumen zweimal am Tag, einmal in aller Frühe, und einmal bei Einbruch der Dämmerung. Als das Laub der Kartoffeln abzusterben beginnt, ist es Zeit für die Ernte, er lagert die Knollen im kühlen und dunklen Keller. Im Herbst harkt er das Laub zusammen, verbrennt es, bedeckt das Rosenbeet und das Blumenbeet vor dem Haus mit Zweigen von Fichte, um die Pflanzen vor Frost zu schützen, am Ende des Herbstes entleert er alle Wasserrohre im Haus und dreht den Haupthahn ab, er schließt sämtliche Fensterläden, auch die des Badehauses unten am Wasser. Er holt die elektrische Heizspirale aus dem Keller und stellt sie bei sich im Schleuderraum auf. Im Winter beschneidet er Apfel und Birne. Er heizt das Haus vor, wenn der Architekt und seine Gattin zu Besuch kommen wollen, und stellt das Wasser für die Zeit ihres Aufenthalts wieder an.

Im Frühling ist er dem Hausherrn bei der Aufstellung eines Zauns vor dem Haus behilflich, der das Blumenbeet mit der Zypresse und die Einfahrt zur Garage, vor allem aber das große Tor umfassen und so vor unerwünschtem Besuch schützen soll. Der Gärtner schneidet die Büsche, sät auf den zwei Kartoffeläckern nun wieder Gras, hilft bei der Entleerung der Grube, er jätet Unkraut, gießt die kahle Erde auf der großen und der kleinen Wiese so lange, bis das Gras zu sprießen beginnt, er erntet Kirschen, erntet Äpfel und Birnen, lagert sie im Keller des Hauses ein, harkt Laub, verbrennt es, sägt trockene Äste ab, spaltet das Holz, holt die Heizspirale aus dem Keller und stellt sie bei sich im Schleuderraum auf, er stellt während des Winters auf dem Dachboden des Hauses Fallen auf für die Marder. Er heizt das Haus vor, wenn der Architekt und seine Gattin zu Besuch kommen wollen. Er beschneidet Apfel und Birne. Er deckt im Frühling die Beete ab, beschneidet die Büsche, jätet das Unkraut, wechselt die Waben, stellt im Sommer zweimal täglich den Rasensprenger an und beschneidet die Kirsche. Im Herbst hackt er Holz und räuchert die Maulwürfe aus, zu Beginn des Winters entleert er alle Wasserrohre im Haus.

Als einige Jahre später kurz vor Silvester die Blaufichte umstürzt, verfehlt sie nur knapp das Schilfdach des Hauses. Sie stürzt quer über den Weg, der zwischen der kleinen und der großen Wiese zum Wasser hinabführt, und zerknickt mit ihrem Gewicht auch einige Rosen auf dem Beet bei der Terrasse. Der Gärtner zersägt den Stamm, spaltet die Stücke und stapelt die Scheite unten im Holzschuppen auf. Im Frühling stößt er, als er die eingegangenen Rosen durch neue ersetzen will, beim Graben im Beet auf eine Kiste mit Silberbesteck. Weil das Haus inzwischen versiegelt ist, nimmt er die Kiste an sich und stellt sie, so wie sie ist, im Schleuderraum in ein Regal neben die mit Honig gefüllten Gläser.

Die Gemeinde räumt dem Gärtner im drauffolgenden Jahr weiter das Wohnrecht für den Schleuderraum ein und vertraut ihm die Schlüssel für die Werkstatt und den Holzschuppen an. Einen Frühling, einen Sommer, einen Herbst und einen Winter lang hält der Gärtner es mit dem nun herrenlosen Garten so, wie er es auch bisher gehalten hat: Er düngt, gießt, beschneidet, wechselt die Waben, schleudert den Honig, umwickelt die Stämme der Obstbäume mit Stoff, damit die Rehe, die über den Zaun springen, die Rinde nicht anfressen, der Gärtner jätet, erntet, harkt, verbrennt, sägt, spaltet, räuchert aus und deckt mit Zweigen von Fichte ab. Was er zum Leben braucht, tauscht er bei den Bauern gegen Obst, Brennholz und Honig ein. Ein und ein Vierteljahr später kommen die neuen Hausherren, die das Grundstück von der Gemeinde zur Pacht erhalten haben: Ein Schriftstellerehepaar aus Berlin. Der Gärtner zeigt ihnen den Garten, die Werkstatt, den Holzschuppen, den

Steg und das Badehaus, sowie das Bienenhaus für zwölf Völker und den Schleuderraum und übergibt ihnen die Schlüssel.

Der neue Hausherr bespricht mit dem Gärtner einige Änderungen, den Garten betreffend. So soll in der Mitte der kleinen Wiese ein Essigbaum, in der Mitte der großen ein Ahorn gesetzt werden. Der Gärtner hebt die Pflanzlöcher aus. Er stößt nach einer dünnen Schicht aus Humus zunächst auf die Ortsteinschicht, die er mit dem Spaten durchschlägt, erst darunter verläuft die grundwasserführende Sandschicht, und unter der liegt, wie überall hier in der Gegend, der blaue Ton. Bis auf eine Tiefe von 80 Zentimeter hebt der Gärtner die Pflanzlöcher aus und füllt Komposterde ein, damit der Essigbaum und der Ahorn gedeihen.

Der Gärtner gießt in Absprache mit dem Hausherrn die Höhlung im Stamm des Walnußbaums mit Beton aus, um dem Baum größere Standfestigkeit zu verleihen. Er düngt die Blumen, die Sträucher und die neu angepflanzten Bäume, mäht das Gras auf den Wiesen, wechselt die Waben der Bienenstöcke, schleudert den Honig, er erntet Kirschen, zweimal täglich gießt er im Sommer das Rosenbeet, das Beet vor dem Haus und die Sträucher, währenddessen stellt er auf der kleinen und auf der großen Wiese, wie auch bei den Obstbäumen jeweils für eine halbe Stunde den Rasensprenger an, um alles gut zu bewässern, er beschneidet die Kirsche, er erntet Äpfel und Birnen. Vom Honig, sowie von der Ernte der Obstbäume gibt er auf Anweisung der Hausherrin jeweils zwei Drittel an die staatliche Handelsorganisation OGS, »Obst, Gemüse und Speisekartoffeln«, ab.

Gemeinsam mit dem neuen Hausherrn legt er den Platz vor der Werkstatt mit Steinplatten aus, um eine bessere Arbeitsfläche für Malerarbeiten und Reparaturen zu haben. Im Winter sollen dort das Ruderboot, sowie die eisernen Böcke und die hölzernen Platten für den Steg gelagert werden. Die Bootsüberdachung neben dem Steg, deren Pfosten bereits stark angefault sind, reißt der Gärtner auf Geheiß des Hausherren ab. Der Gärtner nimmt an den Schilfdächern des großen Hauses sowie des Badehauses dringend notwendige Ausbesserungsarbeiten vor. Im Herbst zersägt er die in den Stürmen von der großen Eiche und von einigen Kiefern herabgefallenen Äste, spaltet die Stücke und stapelt die Scheite im Holzschuppen auf, am Ende des Herbstes holt er die Heizspirale aus dem Keller des Hauses und bringt sie hinüber zu sich in den Schleuderraum, zu Beginn des Winters schließlich entleert er alle Wasserrohre im Haus und dreht den Haupthahn ab.

Im drauffolgenden Frühjahr erhalten auf Anweisung des Hausherrn alle Fenster des großen Hauses, des Badehauses und des Schleuderraums einen neuen Anstrich, der Gärtner stopft zwischen die Bohlen des Badehauses an den Stellen, wo die Wände undicht geworden sind, wieder Werg und erneuert mit Teerfarbe die Imprägnierung. Manchmal, wenn er auf den Stufen des Bienenhauses sitzt und Zigarre raucht, um sich vor den Schwärmen zu schützen, setzt sich der Sohn des Schriftstellerehepaares, der nur in den Ferien manchmal für ein paar Tage da ist und ansonsten im Kinderheim, zu ihm und stellt ihm Fragen über das Leben der Bienen.

Die Schriftstellerin

I-c-h k-e-h-r-e h-e-i-m, war der Satz, den sie gestern zuletzt auf der Schreibmaschine geschrieben hat. Jetzt spannt sie den Bogen Papier aus, legt ihn beiseite, legt ihn auf den noch flachen Stapel schon geschriebener Seiten ihres neuen Buchs, nimmt aus der Schublade ein Blatt Bütten mit Wasserzeichen und beginnt den Brief an den General, betreffend den Anspruch auf Seezugang des neuen Nachbarn, betreffend auch das Badehaus, das genau an besagter Stelle des Ufers steht, Volkseigentum, von ihr wie das Wohnhaus gepachtet seit zwanzig Jahren, sie nennt den General bei seinem Kindernamen und nennt ihn du, und während sie schreibt, vergeht ihre Wut und verwandelt sich in Erschöpfung. Sie fragt sich, was es ist, was sich da breitmacht, was es ist, das einen Gemeindebeamten dazu ermächtigt, ihr von höheren Stellen zu sprechen. Unter dem Gebot der Geheimhaltung, das einige Genossen aus der Illegalität hinübergerettet haben in den neuerfundenen Frieden, wuchert inzwischen etwas, das selbst ihr unkenntlich bleibt.

Von ihrem Schreibtisch aus kann sie zwischen den rötlichen Stämmen der Kiefern den See schimmern sehen. Unten in der Küche klirrt die Köchin mit dem Geschirr, der Gärtner sitzt auf der Schwelle zu seinem Zimmer und raucht Zigarre, auf der großen Wiese bespritzen sich ihre Enkelin und der Nachbarjunge mit Wasser, die Schwiegertochter geht gerade zum Steg hinunter, um sich zu sonnen, die Besucherin liegt im Liegestuhl unter dem Rotdorn, der Sohn mäht Rasen, und unten vor der Werkstatt streicht ihr Mann die Anglerhocker, von denen die rote Farbe schon abblättert, grün an. Das Fenster steht offen, und so riecht sie den See und die Sonne, riecht den Rauch der Zigarre des Gärtners, aber auch den Duft nach Gebratenem, der aus der Küche aufsteigt, riecht das abgemähte Gras und, wenn der Wind umschlägt und von unten her weht, sogar die frische grüne Farbe. Das Tippen ihrer Schreibmaschine mischt sich mit den Rufen des Kuckucks, Buchstabe für Buchstabe ist es auf den beiden oberen Wiesen zu hören, bis hinunter zur Werkstatt und sogar auf dem Steg, wenn der Wind von oben nach unten weht.

Der Arzt aus dem Regierungskrankenhaus in Berlin, für den sie im letzten Jahr bei der Gemeinde erfolgreich Fürsprache eingelegt hatte, damit er den Obstgarten und das Bienenhaus zur Pacht erhielt, ließ, durchaus anders als mit ihr vereinbart, sofort die Obstbäume fällen und riß das Bienenhaus ab. In geisterhafter Geschwindigkeit, praktisch über Nacht, errichteten kurz darauf unbekannte Arbeiter aus Berlin an Stelle des Bienenhauses ein großes Wohnhaus für ihn, das er sogar, wie es hieß, käuflich hatte erwerben dürfen, ganz gegen alles, was sonst galt. Als sie deswegen in der Gemeinde vorstellig wurde, hieß es, von höherer Stelle sei dies so entschieden worden, überdies sei die Weisung ergangen, ihm durch Verkleinerung des von ihr gepachteten Grundstücks einen Seezugang zu ermöglichen, der neue Verlauf des Zauns bis zum Wasser sei baldmöglichst zu klären. Dieser junge Arzt, der, als sie nach Jahren der Flucht nach Deutschland zurückkam, noch nicht einmal auf der Welt war, inzwischen zwar Leibarzt dieses oder jenes hohen Beamten, wagte es wirklich, gegen sie die unsichtbare Armee antreten zu lassen, deren Generäle sie während der Emigration noch auf den Armen geschaukelt hat.

Sie steckt den Brief in einen Umschlag, adressiert und verschließt ihn, dann nimmt sie den in der Frühe beiseitegelegten Bogen Papier wieder zur Hand und spannt ihn in die Maschine, um dort weiterzuarbeiten, wo sie gestern aufgehört hat. I-c-h k-e-h-r-e h-e-i-m. Die Tasten der Schreibmaschine, mit der sie schreibt, sind schon ganz blankgewetzt, die einzelnen Zeichen kaum voneinander zu unterscheiden. Es ist noch immer dieselbe Schreibmaschine, die sie damals von Berlin nach Prag mitgenommen hat, von Prag nach Moskau, von Moskau dann nach Ufa in Baschkirien, und gegen Ende des Krieges, da sprach ihr Sohn schon fließend Russisch, wieder zurück nach Moskau und schließlich nach Berlin. Diese Schreibmaschine hat sie auf vielen Straßen vieler Städte in der Hand getragen, in überfüllten Zügen auf dem Schoß gehalten, an ihrem Griff sich festgehalten, wenn sie in dieser oder jener Fremde, allein auf einem Flugplatz, einem Bahnhof stehend, nicht wußte, wohin, ihren Mann hatte sie im Gedränge verloren, oder er war in anderem Auftrag unterwegs, hatte einen anderen Zug bestiegen. Diese Schreibmaschine war ihre Wand, wo der Zipfel einer Decke auf einem Fußboden ihre Wohnung war, mit dieser Schreibmaschine hatte sie all die Worte getippt, die die deutschen Barbaren zurückverwandeln sollten in Menschen und die Heimat in Heimat.

Heim wolle er, nur noch heim, hatte der als Bürgermeister eines kleinen Städtchens im sogenannten Warthegau eingesetzte deutsche Beamte in sein Tagebuch geschrieben, nachdem ein Kollege ihm berichtet hatte, daß während seines Urlaubs sämtliche Juden aus der Gegend in der Kirche zusammengetrieben, dort drei Tage festgehalten und dann in Gaswagen in den Wald abtransportiert worden waren. Die Leichen derjenigen, die schon während der drei Tage in der Kirche gestorben waren, hatte man zu den Lebenden in die Gaswagen hinaufgeworfen, die toten Kinder den noch lebenden Eltern auf die Köpfe geschmissen. Heim wolle er, nur noch heim, hatte der Bürgermeister daraufhin in sein Tagebuch geschrieben. Dieses Tagebuch war später bei dem Material gewesen, das ihr im Ural für ihre Radiosendungen zur Verfügung gestellt wurde. Damals zeichnete sich die Niederlage der Deutschen schon deutlich ab, und mit jedem Sieg der Roten Armee waren sie, ihr Mann, und ihr in der Sowjetunion geborener Sohn der Rückkehr nach Deutschland nähergekommen.

Als sie das Tagebuch dieses Bürgermeisters in Händen hielt, hatte es sie angewidert, daß der deutsche Beamte, wie aus dem weiteren Verlauf des Tagebuchs hervorging, dann doch auf seinem Posten und in seinem Büro geblieben war, dem Städtchen weiterhin vorgestanden hatte, bis die Rote Armee einmarschierte, und er in den Westen floh. Dennoch hatte sie seinen Satz niemals vergessen können, heim wolle er, nur noch heim, hatte er gerufen, wie ein Kind, das alles darum geben würde, nicht zu sehen, was es sieht, aber gerade in diesem einen kurzen Moment, in dem er gleichsam die Hände vor sein Gesicht schlug, hatte sogar dieser pflichtbewußte deutsche Beamte gewußt, daß daheim niemals mehr Bayern, niemals mehr Nordseestrand oder Berlin heißen würde, daheim hatte sich in die Zeit selbst verwandelt, die hinter ihm lag, Deutschland sich auf

Nimmerwiedersehen in etwas Körperloses, in den verlorenen Geist, mit dem man all jene Schrecken weder wußte, noch sich vorstellen mußte. H-e-i-m. Warte nur, balde. Nachdem er durch eine kurze Verzweiflung hindurchgeschwommen war, hatte sich der deutsche Beamte ums Bleiben auf seinem Posten beworben. Jene aber, die vor ihrer eigenen Verwandlung ins Ungeheure aus der Heimat geflohen waren, wurden durch das, was sie von zu Hause erfuhren, nicht nur für die Jahre der Emigration, sondern, wie es ihr inzwischen scheint, auf immer ins Unbehauste gestoßen, unabhängig davon, ob sie zurückkehrten oder nicht. Ich will heim, nur heim, das hatte sie damals selbst oft gedacht, und ihr Maschinengewehrfeuer vom Ural aus Wort für Wort auf die Heimat gerichtet. Aber ihr, der kein Land mehr, sondern die Menschheit die Heimat sein sollte, blieb der Zweifel für immer als Heimweh.

Heute am Morgen haben sie und ihr Mann den langen Spaziergang gemacht, bis zum Wald hinauf, zu der Bank, in deren Holz schon vor Jahren ihr Sohn mit dem Taschenmesser die Initialen der Eltern geschnitzt hat. Die vier Buchstaben sind längst grau. Auf dieser Bank ruhen sie sich immer einen Moment lang aus, bevor sie umkehren. Sie sitzen und schauen, folgen dem zum See hin sanft abfallenden Hügel mit dem Blick, sehen, wie der Wind das Kornfeld bewegt, sehen dahinter die weite Fläche des Sees wie aus Blei, sehen aus dieser Ferne nicht, wie derselbe Wind das Wasser bewegt, sehen auch das Haus zwischen Hügel und See nicht, das steht, von hier aus gesehen, im Schatten des Schäferbergs. Sie blicken zu Boden, aufs Nahe, vor ihre Füße hin, wo der Regen von gestern den Sand in kleine Rinnsale gepreßt hat, sehen Feuersteine und Kiesel aus Quarz oder Granit, dann stehen sie wieder auf, sie hakt sich bei ihrem Mann ein, die beiden wenden ihre Schritte hangabwärts, zurück zum Haus, wo er heute die Anglerhocker, von denen die rote Farbe schon abblättert, grün anstreichen will, während sie oben im Arbeitszimmer am Schreibtisch sitzen wird, um die Erinnerungen an ihr Leben aufzuschreiben.

Noch nicht einmal auf der Welt war dieser Arzt, als sie nach Deutschland zurückkehrte. Nach Japan ist er mit der einen oder anderen Regierungsdelegation gereist, nach Ägypten, nach Kuba. I-c-h k-e-h-r-e h-e-i-m. Unten in der Küche klirrt die Köchin mit dem Geschirr, der Gärtner sitzt auf der Schwelle zu seinem Zimmer, auf der Wiese bespritzen sich ihre Enkelin und der Nachbarjunge mit Wasser, die Schwiegertochter sonnt sich auf dem Steg, die Besucherin liegt im Liegestuhl, der Sohn mäht Rasen, der Mann streicht die Anglerhocker grün an. Manches, woran sie sich erinnert, schreibt sie nicht. Sie schreibt nicht, daß sie Nein sagte, als nach dem Überfall Hitlers auf die Sowjetunion eine deutsche Genossin, deren Mann eben verhaftet worden war, mit ihrem kleinen Kind zu ihr kam und um ein Versteck bat. Nein sagte, weil ihre eigene Aufenthaltsgenehmigung schon abgelaufen war, und auch sie selbst nur noch ungesehen ihr Moskauer Quartier betreten oder verlassen durfte. Sie schreibt nicht, daß das Manuskript ihrer Radiosendung über den Arbeitsalltag des deutschen Beamten von den sowjetischen Genossen korrigiert wurde. Gestrichen wurde die Episode mit den Juden. Das greife nicht bei den deutschen Soldaten, hatte es geheißen, schade der

Sache womöglich, sei in diesem Zusammenhang nicht von Belang. Sie, die nicht wegen ihrer jüdischen Mutter emigriert war, sondern als Kommunistin, hatte, ohne zu widersprechen, diesen Teil ihres Berichts gestrichen. Sie schreibt nicht, daß sie dann doch, nachdem in der folgenden Zeit einige als Juden bekannte Genossen verschwunden waren, begann, ihre kupferroten Haare zu färben, für die sie schon in ihrer deutschen Kindheit als Jüdin gehänselt worden war. Sie schreibt nicht darüber, daß sie und ihr Mann von ihren sowjetischen Genossen aufgefordert wurden, einen Zug nach Nowosibirsk zu besteigen. Daß sie sich versteckten, statt den Zug zu besteigen. Ein mit ihnen befreundeter deutscher Maler hatte, dem Parteibefehl folgend, einen solchen Zug bestiegen und war beim Bau eines Staudamms in Kasachstan verhungert. Während draußen der Kuckuck ruft, ruhen ihre Finger auf den Tasten der Schreibmaschine.

Der Dichter, der sie damals versteckte, hatte in einem Gedicht das Heimgehen als Übersetzen ans Ufer des Todes beschrieben. Damals haben sie das Schweigen gelernt, und dieses Schweigen war nach allen Entbehrungen das größte Geschenk an ihren Traum, der so groß blieb, daß jeder einzelne der Genossen ganz allein war, wenn er darin umherging.

Der Dichter, der sie damals versteckte, bewohnt jetzt mit seiner Frau ein Sommerhaus auf der anderen Seite des Sees, heute nachmittag werden die beiden vielleicht bei ihnen am Steg anlegen, mit dem Motorboot aus dunkel glänzendem Holz, dann wird der Freund ihrem Mann das Seil zuwerfen, wird ihr Mann das Seil auffangen und es am Steg festknoten, wird die Enkelin ihrem Großvater dabei zuschauen und sich die Acht, die das Seil macht, wenn es um die Halterung geschlungen wird, gut merken.

I-c-h k-e-h-r-e h-e-i-m. Der Schauspieler, der sich ein paar Grundstücke weiter einen Bungalow gebaut hat, ist kürzlich bei einem Gastspiel im Westen geblieben und wird demnächst seine Frau und den kleinen Sohn nachholen. Der Bungalow ist schon versiegelt. Hellblaue Fliesen hatte er für sein Bad haben wollen. Hellblaue Fliesen gab es in diesem Teil Deutschlands nicht. Wo der neue Mensch anfangen soll, kann er nur aus dem alten wachsen. Kuckuck. Kuckuck. Die neue Welt soll die alte fressen, die alte wehrt sich, das Neue und das Alte wohnen beieinander im selben Körper. Wo viel verlangt wird, bleibt mehr aus.

Bei ihrer Rückkehr nach Deutschland hatten sie und ihr Mann es lange nicht über sich gebracht, Menschen, die sie nicht kannten, die Hand zu geben. Geradezu körperlich geekelt hatte es sie vor all jenen, die aus freien Stücken geblieben waren. Ihr Mann hatte sogar gezögert, seine Mutter und die Schwestern, die im Westen Deutschlands lebten, nach seiner Rückkehr jemals wieder zu besuchen. Ihren einzigen Besuch in der westdeutschen Stadt unternahmen sie dann auch nur, um ihrem Sohn die Großmutter zu zeigen, und weder sie, noch ihr Mann gaben dabei der Mutter oder den Schwestern zur Begrüßung die Hand. Sie bemerkten, daß diese Unterlassung auf Gegenseitigkeit beruhte. Ein Bild und ein paar Möbel hatten sie unmittelbar vor der Flucht nach Prag bei den Schwestern ihres Mannes untergestellt. Die Mutter und die Schwestern ihres Mannes saßen jetzt an diesem Tisch, auf diesen Stühlen, das Bild hing an der Wand. Auch sie und ihr Mann saßen auf den Stühlen, als seien sie bei sich selbst zu Besuch. Den beiden Kommunisten fehlten die Worte, um von jenen Deutschen, mit denen sie früher einmal verwandt gewesen waren, das Eigene zurückzuverlangen. Später, als der Sohn schon ohne Begleitung mit der Bahn fahren konnte, ließen sie ihn, als er es sich wünschte, noch zweimal allein zu seiner Großmutter reisen.

Jetzt ruft der Gong sie zum Essen. Sie geht durch das Schrankzimmer und den Flur bis zum Bad, wäscht sich dort die Hände, die Fingerkuppen sind vom Wechseln des Farbbands schwarz gefleckt, sie blickt in den Spiegel, richtet ihr Haar, schließt den rechten Flügel des kleinen Fensters, der zum Lüften geöffnet war, nun ist das Mosaik aus bunten Quadraten wieder vollkommen. Bevor sie zum Essen hinuntergeht, betritt sie noch schnell das Vögelchenzimmer, um sich eine Jacke aus dem Wandschrank zu nehmen, denn im Haus ist es selbst im Hochsommer immer kühler, als man erwartet. Das Vögelchenzimmer hat seinen Namen von dem kleinen eisernen Vogel, der auf dem Geländer des Balkons angeschmiedet ist. Während der Schulferien wird es von ihrer Enkelin bewohnt. Die Enkelin schlägt den Gong unten jetzt zum zweiten Mal, womöglich aus Ungeduld, oder weil es ihr einfach Spaß macht.

Durch die farbig verglasten Fenster fällt auch zum Mittag Halbschatten statt Licht auf die lange Tafel, rings um die Tafel sitzen ihr Mann, der Sohn mit seiner Frau und die Enkelin, oft auch Freunde und Kollegen aus Berlin, Genossen, oder, wie heute, die Besucherin, dann die Köchin und schließlich der Gärtner. Während der Vorsuppe spricht ihr Mann über dies und das, ihr Sohn über jenes, die Schwiegertochter wirft etwas ein, die Besucherin schweigt, der Gärtner schweigt, die Köchin serviert den Hauptgang, sie selbst ergänzt, die Schwiegertochter fragt nach, der Sohn sagt: Das halte ich nicht für möglich, ihr Mann sagt: Aber ja. Sie selbst sagt: Gar nicht so uninteressant, und: Nehmen Sie sich doch noch ein paar Kartoffeln, die Besucherin sagt: Nein danke, der Gärtner schweigt, die Enkelin schüttelt den Kopf, der Sohn sagt: Her damit, die Schwiegertochter: Es hat sehr gut geschmeckt, sie selbst sagt: Ja, wirklich, der Gärtner sagt: Danke, die Köchin: Die Suppe war ein wenig versalzen, der Sohn sagt: Überhaupt nicht, die Köchin stellt die schmutzigen Teller übereinander und balanciert sie hinaus in die Küche, mit kleinen Schüsselchen auf einem Tablett kommt sie wieder, das Kompott wird verteilt, alle löffeln, Ruhe kehrt ein, die Türklinke wird von außen niedergedrückt, gibt ein metallenes Seufzen von sich, der Nachbarjunge will die Enkelin zum Spielen abholen, er bleibt beim Ofen stehen und wartet, bis alle mit dem Essen fertig sind, die Besucherin setzt das Kompottschälchen an die Lippen und schlürft den Saft aus, die Schwiegertochter sagt zu der Kleinen: Aber erst hilfst du abräumen, ihr Mann sagt: Na dann, sie selbst nickt der Köchin zu. Alle erheben sich und verlassen in die oder jene Richtung den Raum.

I-c-h k-e-h-r-e h-e-i-m. Nein, sie und ihr Mann sind nicht nach Deutschland heimgekehrt, sondern sie wollten dies Land, und es war nur zufällig das, dessen Sprache sie sprachen, heimholen in ihre Gedanken. Wollten sich aus den deutschen Trümmern endlich irgendeinen Boden unter die Füße ziehen, der nicht mehr trügerisch wäre. Alt würden zwar ihre Körper, jung aber bliebe noch für lange Zeit die Hoffnung auf Erlösung der Menschheit von Habgier und Neid, sterblich seien die Fehler der Sterblichen, unsterblich aber ihr Werk. Nun muß es gerade der junge Arzt sein, bei dem sie und ihr Mann einmal im Jahr ihre altgewordenen Körper untersuchen lassen, der sich des Staates bedient, um die Gründer des Staats zu beerben. Wieder einmal ist es soweit, daß die unsichtbare Armee, mit sich selbst entzweit, lautlos ihre unsichtbaren Lanzen und Schilde gegeneinander schlägt. Vielleicht werden die Jungen, die den Feind nur noch aus den Berichten der Alten kennen und nicht mehr von Angesicht zu Angesicht, tatsächlich bald zu ihm überlaufen, und sei es auch nur, um nach so langem Belagerungszustand endlich einmal wieder handgreiflich zu werden.

Sind ihr im altgewordenen Mund auch die Worte alt geworden, ohne daß sie es gemerkt hat? Nach dem Abendbrot werden unten in der Diele die Gartenstühle aufgebaut, damit alle gemeinsam die Fernsehnachrichten sehen können: Sie und ihr Mann, der Sohn, die Schwiegertochter, die Kleine, die Besucherin, diese oder jene Freunde, die im Badehaus untergebracht sind, manchmal auch die Köchin. In den Nachrichten um neunzehn Uhr ist vom Einbringen der Ernte die Rede, Bauern stehen zwischen Stoppeln im Staub und reden vom Plan-Soll, Mähdrescher werden gezeigt und Silos. Fremde Worte, die ihnen nicht selbst im Mund gewachsen sind, entlassen die Bauern dort in den Staub der Felder, wo sie im Mittelpunkt stehen müssen. Seit ihrer

Rückkehr nach Deutschland hatte all ihre Leidenschaft dem Versuch gegolten, durch die Buchstaben hindurch ihre Erinnerungen in die Erinnerungen anderer zu verwandeln, ihr Leben auf dem Papier wie auf einer Fähre in andere Leben überzusetzen. Mit den Buchstaben hat sie manches an die Oberfläche geholt, was ihr bewahrenswert schien, anderes in die Versunkenheit zurückgestoßen, was wehtat. Jetzt weiß sie nicht mehr, ob die Auswahl selbst schon der Fehler war, denn das, was sie ihr ganzes Leben lang vor ihrem inneren Auge hatte, sollte doch eine ganze Welt sein, keine halbe.

Ja, heißt es einige Tage später in einem Schreiben der Gemeindeverwaltung, auch sie könne ihr Haus gern käuflich erwerben, allerdings nicht den Grund, auf dem es steht, und das Badehaus würde, wenn sie es wünsche, auf Staatskosten auf die obere Wiese versetzt, um dem Arzt den Seezugang zu ermöglichen, ihr aber gleichfalls Genüge zu tun. Sie nimmt den Bogen aus der Maschine, auf dem das eine oder andere Wort steht, und das eine oder andere Wort nicht steht, legt ihn auf den flachen Stapel der schon geschriebenen Seiten ihres neuen Buchs, nimmt ein Blatt Bütten aus der Schublade, spannt es ein und antwortet der Gemeindeverwaltung: Ja, sie wünsche gleichfalls, ihr Haus zu kaufen, und wünsche selbstverständlich, daß man das Badehaus nach oben versetzt. Mit sozialistischem Gruß.

Der Gärtner

Nachdem der mit Beton ausgegossene Walnußbaum zwar weiterhin aufrecht gestanden, in den letzten drei Jahren jedoch keine Nüsse mehr getragen hat, fällt der Gärtner ihn nun auf Geheiß des Hausherrn. Er zersägt den Stamm, spaltet die Stücke und stapelt die Scheite im Holzschuppen auf. Bei der Kirschernte stürzt der Gärtner von der Leiter und bricht sich ein Bein. Zwei Monate muß er liegen, bis die Knochen wieder zusammengeheilt sind, und er anfangen kann, wieder laufen zu lernen. Glücklicherweise verbringt der Sohn der Hausherren in diesem Sommer zum ersten Mal seine ganze Ferienzeit auf dem Grundstück, er ist aus dem Heim entlassen und wohnt wieder bei seinen Eltern – groß ist er inzwischen geworden und kräftig genug, um das Rasenmähen zu übernehmen. Nur der Pilz, der in diesem Sommer sämtliche Obstbäume befällt, bleibt durch die Krankheit des Gärtners zu lange unbemerkt, und so findet dieser, als er zum ersten Mal wieder aufsteht, alle Äpfel und Birnen am Stamm verdorrt.

Schwere Arbeiten kann der Gärtner nach seinem Sturz nicht mehr ausführen. Er geht seither nur noch langsam über das Grundstück, sammelt hier und da das herabgefallene Holz auf, schneidet die trockenen Blüten der Blumen und Sträucher, gießt Sträucher und Blumen zweimal am Tag, einmal am frühen Morgen und einmal bei Einbruch der Dämmerung, zu Beginn des Winters entleert er alle Wasserrohre im Haus und dreht den Haupthahn ab. Er schließt alle Fensterläden, die des großen Hauses und auch die des Badehauses unten am See.

Der Hausherr übernimmt jetzt gemeinsam mit seinem Sohn den alljährlichen Auf- und Abbau des Steges. Als Ergänzung zum Ofen wird im Haus eine Nachtspeicheranlage errichtet, so daß das in den früheren Jahren geschlagene Brennholz leicht zur Beschickung des Ofens an kühleren Frühlings- und Herbsttagen ausreicht. Apfel und Birne erholen sich auch in den nächsten Jahren nicht wieder vom Pilzbefall. Spinnmilben befallen die Kirsche. Bei der Erweiterung der Müllgrube stellt sich überdies heraus, daß die Rohre zur Bewässerung der Obstwiese längst durchgerostet sind, Wasserrohre aber sind derzeit im privaten Handel nicht zu bekommen. Zum ersten Mal ist die Rede von einer Verkleinerung des gepachteten Grundstücks.

Im Dorf wird erzählt, daß der Sohn der Hausherren schon etliche Mädchen nach dem Tanz oder einer anderen Festivität ins Badehaus geführt habe, um mit ihnen die Nacht dort zu verbringen, und daß in solchen Nächten der Gärtner, unter dem Vordach des Badehauses auf einer Bank sitzend, die Nachtwache halte, damit die Hausherrin nicht merke, was vorgeht. Vom Gärtner wisse man auch, daß, als der Sohn sich endlich mit einer jungen Frau aus Berlin verlobt, seine Mutter diese Verlobte bei ihrem ersten Besuch ausgerechnet im Badehaus unterbringt, um keine Handhabe für den Vorwurf der Kuppelei zu bieten. Darüber lacht man im Dorf.

Nach der Heirat des jungen Hausherrn wird dem Paar ein Mädchen geboren, und kaum, daß es sechs Wochen alt ist, bringen die Eltern es an den Wochenenden mit in den Garten und stellen den Kinderwagen mit dem schlafenden

Säugling, wenn es draußen warm genug ist, unter den Rotdorn an den Rand der kleinen Wiese. Der Gärtner geht auf dem Grundstück herum, einen brennenden oder schon erloschenen Zigarrenstumpen im Mund, sammelt hier und da Reisig auf und stellt, als es heißer wird, zweimal am Tag den Rasensprenger an, der die Beete und Wiesen bewässert, einmal vormittags und einmal am frühen Abend.

Die junge Frau übernimmt, als der Gärtner die große Baumschere nicht mehr zusammenzudrücken vermag, das Beschneiden der Sträucher während des Frühlings und Sommers. Die nach wie vor fruchtlosen Obstbäume werden auf Geheiß des Hausherrn endlich von einem Bauern abgesägt und zerhackt, die Scheite stapelt der Bauer im Holzschuppen auf. Der Gärtner sitzt, immer mit ein- und demselben kalten Zigarrenstummel im Mund, jetzt viele Stunden am Tag auf der Schwelle des Bienenhauses. Die letzten Bienen seiner ehemals ganzen zwölf Völker fliegen nach der Rodung der Obstwiese noch einige Zeit um die Stöcke herum und zerstreuen sich dann, um sich neue Brutstätten in den umliegenden Wäldern zu suchen. Manchmal setzen sich das kleine Mädchen und ihr Freund aus der Nachbarschaft zu dem Gärtner, der ihnen Tausendfüßler und Asseln zeigt, die in den alten Holzscheiten wohnen, und ihnen zeigt, wie man aus den ausgehöhlten Stecken des schwarzen Holunders ein Blasrohr bauen kann oder auf einem Fliederblatt pfeift.

Die Besucherin

Die Hauptsache ist, daß sie hier wieder schwimmen kann. Auch, wenn sie beim ersten Besuch nicht weiß, daß die Porzellanstücke auf dem Tisch zum Ablegen des Bestecks zwischen den Gängen bestimmt sind. Ebensowenig glückt ihr der Versuch, das Frühstücksbrötchen mit Gabel und Messer zu schneiden, der das Versehen vom Mittag davor ausgleichen soll. Beide Mißverständnisse führen zum gleichen stillen Lächeln der Gastgeberin, begleitet von der gleichen, leichten Berührung ihres Unterarms durch deren kühle Hand. Das Brot, sagt diese, ist so wertvoll, daß man es ruhig mit der Hand nehmen darf. Dort, wo sie herkommt, hatte sie nie darüber nachdenken müssen, ob das Brot so wertvoll und deshalb mit der Hand zu greifen sei oder nicht. Dort hatte sie das Korn selbst angepflanzt, und ihr Greifen war von der Aussaat über die Ernte und das Backen bis hin zum Essen das gleiche gewesen. Hier aber ist nur das Greifen nach dem fertigen Brot übriggeblieben, als Haut über einer fremden Fülle, wie bei der Weihnachtsgans. Hier, in diesem Garten, gibt es, ganz anders als in dem Garten, der ihr gehört hat, nichts zu säen und nichts zu ernten. Hier stehen Kiefern und Eichen, wachsen in ihrem Schatten langsam die Büsche, sprengt der Gärtner den Rasen, sind die Blumen mehrjährig, und das Dillkraut für die Kartoffeln holt die Kleine von der Nachbarin am Anfang des Sandwegs. Hier in diesem Garten halten sich alle nur zu dem Zweck auf, in einem Garten zu sein. Wahrscheinlich hat sie zum richtigen Zeitpunkt in ihrem Leben den richtigen Ort erreicht, denn auch in ihrem Leben hält sie sich nur noch auf, um am Leben zu sein. Anderswo, hat sie gehört, setzte man Alte wie sie auf einen Baum und ließ sie dort oben verhungern, aber heutzutage gibt man ihnen sogar Geld, damit sie überleben, auch wenn sie nicht mehr arbeiten können. Niemals wird sie sich an dieses Geld gewöhnen, das ihr Monat für Monat fürs Nichtstun geschenkt wird. In diesem Garten bleibt ihr nichts anderes übrig, als zu sitzen, mitten am Tage mit den Händen im Schoß zu sitzen und den Lerchen beim Fliegen zuzusehen. Versäum dich nicht, hört sie sich selber, während sie sitzt, mit unhörbarer Stimme rufen, versäum dich nicht, wie sie es aus dem Küchenfenster ihrer Tochter zurief, wenn die sich auf dem Hof mit der Nachbarstochter verplauderte – abwaschen sollte die Tochter dann, Fische schuppen oder ein Federvieh rupfen. Die Tochter kam immer sofort, aber ihre eigenen Hände liegen jetzt weiter ruhig im Schoß, und während sie so sitzt, hört sie ihren Mann Akkordeon spielen, ihre eigenen Eltern schweigen, die Enkel plappern, und antwortet unhörbar, tröstet oder singt lautlos oder schweigt einfach nur, und die Hauptsache ist, daß sie, wenn es Abend wird, wieder schwimmen gehen kann, in diesem grünlich schimmernden, kühlen See, fast so wie zu Hause.

Besser ist es allemal, fremd zu sein in der Fremde. Einmal noch war sie aus der Stadt, in die sie zuerst geflüchtet waren, zu Fuß mit den drei Enkeln zum Hof zurückgekehrt, dreißig Kilometer zu Fuß in die falsche Richtung, und hatte kurze Zeit als Magd bei den Polen, die das Haus inzwischen schon in Besitz genommen hatten, auf ihrem eigenen Hof gedient. Damit die Tochter sie findet, wenn sie von ihrem Arbeitseinsatz doch noch zurückkehrt. Ihr Enkelsöhnchen hatte seinen Spielzeugtraktor wieder ausgraben wollen, den er einige Wochen zuvor bei der Flucht in einer Ecke des Hofs verbuddelt hatte, aber sie hatte es ihm verboten. Die Tochter kehrte nicht wieder, nur das Hochzeitsbild, das sie immer bei sich getragen hatte, kam auf Umwegen zurück in die Hände der Mutter, lappig geworden, zerknickt, Vermerke in kyrillischer Schrift auf der Rückseite. Auf dem Weg durch den Garten zur Kirche war die Tochter mit ihrem Brautschleier an den Johannisbeersträuchern hängengeblieben und hatte also mit zerrissenem Brautschleier heiraten müssen. Für das Foto hatten sie den Schleier so gelegt, daß der Riß nicht zu sehen war. Die Tochter kehrte nicht heim. Da hatte die Mutter, die jetzt nur noch eine Großmutter war, sich mit den drei Enkeln ein zweites Mal auf den Weg gemacht. Besser war es allemal, fremd zu sein in der Fremde, und nicht im eigenen Haus.

Der Löwenzahn ist der gleiche wie zu Hause, und auch die Lerchen. Jetzt, als alte Frau, ist sie in den Satz hineingewachsen, den ihr Mann vierzig Jahre zuvor immer gesagt hat. Der Löwenzahn in ihrem Dorf sei der gleiche wie der Löwenzahn bei ihm zu Hause, in der Ukraine, von wo er dahergelaufen gekommen war, und auch die Lerchen, hatte er immer gesagt. Und in Bayern, von wo seine Urgroßeltern nach Rußland eingewandert waren, und wohin er ursprünglich hatte zurückwandern wollen, ohne von dieser Heimat mehr als den Namen zu kennen, gab es sicher auch solchen Löwenzahn, solche Lerchen. Sicher haben auch die Urgroßeltern ihres Mannes irgendwann diesen Satz gesagt, weitere siebzig oder achtzig Jahre zuvor. Sie fragt sich, ob die Sätze unterwegs sind zu den Menschen, oder umgekehrt, oder ob die Sätze einfach nur warten, bis sich irgendwer ihrer bedient, und fragt sich gleichzeitig, ob sie nichts Besseres zu tun hat, als sich solche Dinge zu fragen, Flausen, denkt sie, und dann weiß sie wieder, daß sie nichts Besseres zu tun hat, sie blickt auf den Hocker, auf dem ihre krummgebogenen Beine liegen, der ist mit dem gleichen roten Kunstleder bespannt wie der Sessel, auf dem sie sitzt. Wahrscheinlich, denkt sie, werden die Sätze einfach irgendwann alle erreicht und mal von dem, mal von jenem gesprochen, da oder dort, wie eben auf einer Flucht allen alles gehört, denn der Gang der Dinge und Menschen war wohl, umgerechnet aufs Leben, im Grunde genommen immer der gleiche wie auf der Flucht. Im Frieden war es die Armut, und im Krieg war es die Front, die die Menschen vor sich herschob wie eine lange Reihe von Dominosteinen, einer schlief in des anderen Betten, benutzte dessen Kochzeug, aß die Vorräte auf, die der andere hatte stehen lassen müssen. Nur enger wurde es in den Zimmern, je mehr Bomben fielen. Angekommen ist sie schließlich hier, in diesem Garten, und wenn der Gong sie zum Essen ruft, hält sie für möglich, daß dieser Gong sie schon damals gerufen hat, als sie ihrem Hof endgültig den Rücken kehrte und sich mit den drei Enkeln, einem Federbett und einem blaugesprenkelten Kochtopf auf den Weg machte. Wenn man angekommen ist, heißt die Flucht dann immer noch Flucht? Und wenn man auf der Flucht ist, kommt man dann jemals an?

Ihr Mann war vor dem allen gestorben. Wenn sie von seinem Tod zurückblickt auf den Unfall mit dem Kleereiber, scheint es ihr, als sei sein Sterben schon damals durch einen Nebeneingang eingetreten, ohne sich zu erkennen zu geben. Auch das Zerreißen des Brautschleiers ihrer Tochter war so ein Eintreten dessen, was bevorstand, durch den Nebeneingang, aber weil eben damals die Zeit war, wo alles bevorstand, konnte sie es noch nicht erkennen. Jetzt, da sie alt ist, und nur noch lebt, um am Leben zu sein, ist alles gleichzeitig da. Jetzt, da sie alt ist, könnte die Verletzung ihres Mannes der Grund dafür gewesen sein, daß sie sich in ihn verliebte, und die Musik, die er spielte, als er in ihrem Dorf ankam, hätte ihre Wurzeln in seinem frühen Tod, ihre Tochter wiederum saß vielleicht schon damals, als sie noch mit ihr schwanger war, gemeinsam mit ihr im Backofen und hielt ihre Hand, als sie dort eingesperrt war wegen ihrer Liebe zu dem Dahergelaufenen, dem Vater des Kindes, das sie im Leib trug. Und, wenn man es so betrachtete, war ganz sicher sie der Grund für sein Daherlaufen gewesen, noch bevor er sie kannte. Während sie zurückschaut, verschwistert sich die Zeit mit sich selbst und wird flach. Nacheinander geht alles nur, solange man am Leben ist, um einem Kind einen Splitter aus dem Fuß zu ziehen, den Braten rechtzeitig aus dem Ofen zu nehmen oder ein Kleid aus einem Kartoffelsack zu nähen, aber von Schritt zu Schritt wird auf der Flucht das Gepäck weniger und das, was man zurückläßt, mehr, und irgendwann hält man an und sitzt nur noch, und dann ist gerade noch das Leben vom Leben übrig, und alles andere liegt in vielen Gräben vieler Straßen, in einem Land, das so groß ist wie die Luft, und sicher gibt es dort auch diesen Löwenzahn, diese Lerchen.

So einen heiratest du nicht, hatte ihre Mutter gesagt und sie für einige Tage in den Backofen gesperrt. Als sich herausstellte, daß sie schon schwanger war, holte die Mutter sie wieder aus dem Backofen hervor und sagte nur: Den

Postboten, den Förster, den Oberfischmeister hättest du kriegen können. Um Geld für die Familie zu verdienen, hatte ihr Mann begonnen, die Geräte und Maschinen der Bauern zu warten, darunter den Kleereiber. Seine Musik spielte er von da an nur noch zu seinem eigenen Vergnügen und für sie, seine Frau. Aber nachdem er sich vier Finger der linken Hand im Kleereiber abgeschnitten hatte, konnte er weder Geige noch Akkordeon mehr spielen. Mit den Fingern hatte der Kleereiber auch die Musik von ihm abgeschnitten. Diese Musik, die er bis zu seinem Unfall gespielt hatte, stammte aus der Ukraine, von wo er dahergelaufen gekommen war. Nach seiner Verletzung war die Hand immer sehr kalt gewesen, sie hatte ihm deshalb einen pelzgefütterten Überzug genäht, den er Jahr für Jahr von September bis in den Mai hinein trug. Diesen Überzug über der Hand, und die Hand im Schoß hatte auch ihr Mann in seinen letzten Jahren oft so dagesessen wie sie jetzt, obgleich er noch jung war. Als er starb, erst Anfang Vierzig, hatte sie es nicht über sich gebracht, den Pelzüberzug wegzuwerfen. Aber bei der Flucht hatte sie ihn im Haus zurückgelassen.

Schwimmen kann sie hier wie zu Hause, und das Schwimmen ist leicht geblieben, anders als das Gehen, zu dem ihre Knochen schon lang nicht mehr taugen. Abends, wenn sie ihren grauen Haarknoten auflöst, bevor sie zu Bett geht, sind die Haare noch feucht. Als sie jung war, hat sie die masurischen Seen im Sommer durchschwommen und durchtaucht, auch in ihnen gefischt, und im Winter ist sie Schlittschuh gelaufen, die Kufen wurden unten an die Sohlen der Schnürstiefel geschraubt. Sie hat nach den Seen gegriffen, sich in ihnen gewaschen, aus ihnen getrunken, ihre Fische gegessen und ihr Eis zerschrammt, durchgearbeitet hat sie die Seen, wie später ihre Tochter, die so gern buk, den Kuchenteig, den sie mit beiden Händen vierhundert Mal knetete, bevor sie ihn in den Ofen schob. Bis heute sind ihre Schienbeine blau und violett von den Schnürstiefeln, die zum Eislaufen immer besonders fest geschnürt werden mußten, blau und violett und glänzend wie Stein von Stunden um Stunden Eingeschnürtsein, Stunden um Stunden Rasen über gefrorene Seen, die unter den Schnitten, die das Mädchen ihnen mit ihren Kufen zufügte, dunkle Jauchzer ausstießen. Jetzt liegen ihre krummgebogenen Beine mit den noch immer blau und violett glänzenden Schienbeinen auf dem roten Kunstleder des Hockers, der zum Hochlegen der Füße bestimmt ist, und sind immer noch ihre Beine. Wie der See hier im Winter aussieht, weiß sie nicht, Sommerfrische nennt die Hausherrin das Haus. Im Winter wohnt nur noch der Gärtner in seinem Zimmer, ansonsten ist das Haus leer, da wird es winterfest gemacht, werden die Fensterläden geschlossen, die Nachtspeicheröfen auf die kleinste Stufe gestellt. Dann fährt man fort, in die Stadt. Ihr Mann hat auch im Winter geangelt, er war immer einer der ersten auf dem Eis, wenn es noch brüchig war, eine kleine schwarze Gestalt, die in der Dämmerung hockte, ohne eine Bewegung. Im Winter heizten sie ihr Haus mit Holzscheiten, angeheizt wurde mit Spänen aus Kiefernholz, aber sobald das Feuer einmal gut brannte, wechselten sie zu Buche und Eiche, das harte Holz brannte länger. Wasser holten sie, wenn die Pumpe auf dem Hof eingefroren war, vom See herauf, aus einem Loch, das ihr Mann nahe dem Ufer ins Eis hackte. Sie hält für möglich, daß die Hocker zum Hochlegen der Füße erst erfunden wurden, als man begann, sich die Jahreszeiten auszusuchen. Erst hier, in dieser Zeit, in der sie jetzt für den Rest ihres Lebens zu Besuch ist.

Die jüngste von ihren drei Enkeln, die die ganze Kindheit lang einen Silberblick hatte und zur Einschulung kahlköpfig hatte gehen müssen wegen der Krätze, diese ungeschickteste Jüngste, die beim Springen über den Bach ins Wasser gefallen und mit grünen Kleidern heimgekommen war, diese Jüngste hat den Sohn der Hausherrin geheiratet und geht jetzt, ein Handtuch über die Schulter geworfen, mit klappernden Holzpantoletten über die steinernen Stufen zum See hinunter, summt vor sich hin und winkt ihr zu, bevor sie hinter dem großen Tannenbusch verschwindet. Manchmal setzt sie sich zu ihrer Großmutter, plaudert ein wenig, und lackiert sich dabei die Zehnägel rot. Wenn ihr, der Großmutter, beim Essen das Gebiß verrutscht, schämt sie sich mehr vor ihrer Enkelin als vor der Hausherrin. Dort, wo sie von den Alten das Altwerden gelernt hat, gab es keine künstlichen Gebisse. Da fiel, wenn man alt wurde, einfach der Mund ein. Aber heutzutage, wo sie jetzt zu Besuch ist, macht man auch die Gesichter winterfest.

Es ist nicht leicht, zu Besuch zu sein. In ihrem Dorf lehnte man ein Geschenk genau dreimal ab, bevor man es annahm, und wenn man es annahm, brachte man selbst beim nächsten Mal ein Geschenk mit, das von den anderen ebenso dreimal abgelehnt wurde, bevor sie es annahmen und so fort. Ein Blumenstock gegen Erdbeeren, eine Flasche selbstangesetzten Weins gegen ein Stück frischgeschlachtetes Schwein, Äpfel gegen Birnen. Bis auf den heutigen

Tag bringt ihre Freundin, die einzige aus ihrem Dorf, die nach dem Krieg auch nach Berlin verschlagen wurde, ihr zu Silvester einen Topf mit Klee mit, in dem ein winziger Schornsteinfeger aus Draht steckt, und sie hält einen ebensolchen Topf mit Klee und in die Erde gestecktem Schornsteinfeger für ihre Freundin bereit. Die Töpfe samt Fegern werden zur Mitternacht getauscht, und am Neujahrsmorgen trägt ihre Freundin den geschenkten Topf im gleichen Beutel, mit dem sie ihren Topf hertransportiert hat, zu sich nach Haus. Seit ihre Enkelin geheiratet hat, nimmt sie sie, die Großmutter, mit in die Sommerfrische, zu ihrer Schwiegermutter, und diese Schwiegermutter ist ungefähr so alt, wie ihre Tochter jetzt wäre, die bis in alle Ewigkeit bei ihrem Arbeitseinsatz geblieben ist. Und wenn sie, die Großmutter, ihre Enkelin fragt, was sie mitbringen soll, als Gastgeschenk, sagt die Enkelin jedesmal: Du gehörst doch zur Familie. Aber sie ist nicht sicher, ob sie zu dieser Familie gehört, in der sie seit fünf Sommern von der Schwiegermutter ihrer Enkelin zwar sehr freundlich aufgenommen, aber immer gesiezt wird. Diese Schwiegermutter empfiehlt ihr gelegentlich eine Salbe gegen Rheuma, erkundigt sich nach der Wohnung in Berlin, sagt, sie könne dies oder jenes Kleid bei ihrer Schneiderin für sie ändern lassen, aber niemals sagt sie Du. Jetzt schon den fünften Sommer sagt die Schwiegermutter zu ihr: Nehmen Sie sich doch noch ein paar Kartoffeln, möchten Sie noch etwas Gemüse oder eine Scheibe Fleisch, und sie weiß dann nie, ob es hier wirklich höflicher ist, gleich Ja zu sagen oder sich sogar selbst aus Töpfen und Schüsseln zu bedienen, als sei sie hier zu Hause, oder ob sie nicht doch lieber, so wie sie es bei Fremden tun würde, dreimal ablehnen soll, bevor sie einwilligt. Die

Besucherin weiß nicht, daß es an ihr, als der Älteren, wäre, das Du anzubieten.

Im Grunde fällt es ihr sogar leichter, fremd zu sein in der Fremde, weil das Fremdsein ihr so vertraut ist, von beiden Seiten des großen Tors her, das ihren Hof gegen die obere Straße hin abgrenzte. Solange ihre Familie den Hof besaß, wurde dieses große, hölzerne Tor immer geschlossen gehalten, es sei denn, man wollte die Milch ausfahren oder das Heu einbringen. Als es aber Gründe gab, sich auf dem eigenen Hof als Magd zu verdingen, klopfte sie von außen an dasselbe Tor und suchte bei den Polen, die das Haus inzwischen in Besitz genommen hatten, um Arbeit an. Daheim zu sein, war schon die eine Hälfte der Fremdheit, ohne daß sie es damals, als sie noch daheim war, schon gewußt hätte, Kapitel eins sozusagen, und das Fortgehen dann nur die andere Hälfte, Kapitel zwei, die Fremdheit von außen gesehen, beide Hälften gleich groß und einander entsprechend, aber alles insgesamt, also: ein Tor zu schließen und entweder drinnen oder draußen zu sein, das insgesamt ist ihr vertraut. Deutschland hat den Krieg begonnen und verloren, hätte es ihn begonnen und gewonnen, hätten andere verloren. Sie hat das Verlieren gelernt, Kapitel eins: das Haben, und Kapitel zwei: das Verlieren, sie hat so lange verloren, bis sie das Verlieren beherrschte. Es kann sein, daß, wenn man etwas gelernt hat, etwas anderes dafür aus dem Kopf verschwindet. Als ihre Enkelin sie einmal fragte, ob es ihr nicht leid tue – um das Haus, die Kühe, den ganzen Besitz, verstand sie die Frage überhaupt nicht mehr. Sie hat die Kinder gerettet, mehr gab es darauf nicht zu sagen.

Sie erinnert sich an den fremden Mann, der eines Tages, ein oder zwei Jahre nach dem Tod ihres Mannes, aber noch vor Beginn des Krieges, ans Hoftor geklopft hatte. Sie hatte geöffnet und gefragt, was er wolle. Und er hatte gesagt, er wolle seinen Bruder besuchen, den Musikanten, von dem er gehört habe, daß er in diesem Dorf wohne und inzwischen verheiratet sei. Das Deutsch, in dem er nach seinem Bruder fragte, war genauso altertümlich und ein wenig fremd gewesen wie das Deutsch ihres verstorbenen Mannes. Nein, hatte sie gesagt, hier gibt es keinen Musikanten. Haben Sie vielleicht etwas zu trinken für mich, hatte er noch gefragt. Und sie hatte ihn vor dem Tor stehen lassen und ihm ein Glas Milch geholt, hatte gewartet, bis er es ausgetrunken hatte, ihm das Glas dann wieder abgenommen, ihm einen guten Tag gewünscht und das Hoftor wieder geschlossen.

Die Hauptsache ist, daß sie hier wieder schwimmen kann.

Dort, wo sie herkommt, hatte sie nie darüber nachdenken müssen, ob das Brot so wertvoll und deshalb mit der Hand zu greifen sei oder nicht.

Anderswo, hat sie gehört, setzte man Alte wie sie auf einen Baum und ließ sie dort oben verhungern.

Die Hauptsache ist, daß sie, wenn es Abend wird, wieder schwimmen gehen kann, in diesem grünlich schimmernden, kühlen See.

Ihr Enkelsöhnchen hatte seinen Spielzeugtraktor wieder ausgraben wollen.

Auf dem Weg durch den Garten zur Kirche war die Tochter mit ihrem Brautschleier an den Johannisbeersträuchern hängengeblieben.

Der Löwenzahn ist der gleiche wie zu Hause, und auch die Lerchen.

Flausen.

Als sich herausstellte, daß sie schon schwanger war, holte die Mutter sie wieder aus dem Backofen hervor.

Nach seiner Verletzung war die Hand immer sehr kalt gewesen.

Abends, wenn sie ihren grauen Haarknoten auflöst, bevor sie zu Bett geht, sind die Haare noch feucht.

Das harte Holz brannte länger.

Da fiel, wenn man alt wurde, einfach der Mund ein.

Äpfel gegen Birnen.

Irgendwann schlägt der Gong und ruft zu Tisch. Dann kommt die Enkelin von ihrem Sonnenbad auf dem Steg wieder herauf und summt leise vor sich hin, wie sie es ihr ganzes Leben, schon als kleines Kind, gemacht hat. Und das heißt doch, daß man bei einer Flucht einiges mitnehmen kann, was kein Gewicht hat, zum Beispiel die Musik.

Der Gärtner

Im Herbst bieten die alten Hausherren dem Gärtner an, zu ihnen ins Gästezimmer zu übersiedeln, das liegt zu ebener Erde, hat ein eigenes Waschbecken, einen separaten Eingang und läßt sich durch einen Nachtspeicherofen auch in kalten Wintern leicht heizen. Der Gärtner nimmt das Angebot an. Ein Berliner Arzt, so heißt es, wird das Bienenhaus und den ehemaligen Obstgarten nun zur Pacht übernehmen. Beim Ausräumen der Regale im Bienenhaus findet der junge Hausherr zwischen den Honiggläsern auch eine Kiste mit Silberbesteck. Er nimmt das Besteck heraus und ordnet es im großen Haus in den Besteckkasten ein. Die Heizspirale, die noch vom letzten Winter im Schleuderraum stehengeblieben ist, trägt er zurück in den Keller. An ebender Stelle, an der früher schon einmal ein Zaun stand, läßt noch in diesem Herbst der Berliner Arzt, sobald er den rechten Teil des Grundstücks für sich in Besitz nimmt, erneut einen Zaun errichten. Das ist nicht nur sein Recht, sondern auch seine Pflicht, denn jeder Pächter ist zuständig für die jeweils linke Abrenzung seines Grundstücks in Blickrichtung zum Wasser. Der Gärtner vermag dem Dörfler, der die Arbeiten ausführen soll, einige der alten Grenzsteine zu zeigen, die, unter Gebüsch verborgen, an manchen Stellen noch auffindbar sind.

Im Dorf wird erzählt, daß der Gärtner sich seit dem Abriß des Bienenhauses weigere, seine Fußnägel zu kürzen. Um die Zehen herum bis zur Unterseite der Füße seien sie inzwischen gewachsen, und hinten noch über die Hacken hinaus. Er verberge sie zwar in Schuhen und Strümpfen, aber an seinem hinkenden Gang könne man deutlich erkennen, daß etwas nicht stimme. Im Dorf wird erzählt, daß der Gärtner die kleine Tochter der Hausherren dazu angestiftet habe, Grasbüschel auszureißen und diese mitsamt der an ihnen haftenden Erde an den frisch verputzten Neubau des Berliner Arztes zu schleudern. Die Flecken von den Dreckklumpen, die das Mädchen geschleudert habe, seien noch immer deutlich zu sehen. Im Dorf wird erzählt, daß die Arbeiter aus Berlin, die das Badehaus den Berg hochziehen sollten, alle in Anzug und Schlips erschienen seien, und über den Anzügen hätten sie dunkle Windjacken getragen, um sich zu tarnen, das wisse man aus den Berichten des Gärtners. Im Dorf wird erzählt, daß der neue Pächter der ehemaligen Parzelle der Juden, ebendieser Arzt aus Berlin, daran schuld sei, daß sein Nachbar senior, der nur einen Schnupfen hatte, im Krankenhaus starb. Absichtlich zuviel gespritzt habe er seinen Patienten, weil der schmale Zugang zum See ihm nicht genug war, den Steg hätte er auch haben wollen, der Gärtner könne das sehr wohl bezeugen. Schließlich habe der Gärtner auch davon erzählt, wie dieser Berliner Arzt neulich nach einem Fest im Dorfkrug »Zur krummen Fichte« mit einem Mädchen aus Frankfurt/Oder über sein eigenes Grundstück bis hinunter zum Wasser geschlichen und von dort aus über den Zaun gestiegen sei, um ausgerechnet auf diesem Steg, zu dessen Benutzung er von der Gemeinde niemals die Erlaubnis erhalten hatte, seine Frau zu betrügen. Das habe der Gärtner mit eigenen Augen gesehen.

Nach dem Tod des alten Hausherrn verpachtet der junge Hausherr einem Ehepaar aus der Kreisstadt, die im Hafen des Dorfs ihr Segelboot zu liegen haben, die Werkstatt als Wochendunterkunft. Im Gegenzug dazu verpflichten die beiden sich, im Sommer regelmäßig den Rasen auf der großen und der kleinen Wiese zu mähen. Die Tochter des jungen Hausherrn und ihr Freund aus der Nachbarschaft dürfen den Trichter halten, wenn der Gärtner für die Unterpächter das Benzin in den Rasenmäher einfüllt.

Die Unterpächter

Das mußt du allein entscheiden, hatte er gesagt. Und sie hatte Ja gesagt. Und nach diesem Ja war sie, ohne, daß er gleich gewußt hätte, was los ist, weinend in sich zusammengesunken. Seine Frau, die nicht einmal damals geweint hatte, als sie ihm im Besuchsraum des Gefängnisses zum ersten Mal wieder gegenübersaß. Er hatte damals gesagt: Ich hätte dich nachgeholt. Und sie hatte gesagt: Ich weiß. Sonst nichts. Und schon gar nicht geweint. Kurz nach seiner Entlassung hatte er sie dann geheiratet, in aller Stille. Heute, dreißig Jahre später, hatte er im Verlauf eines Gesprächs nur gesagt: Das mußt du allein entscheiden. Und sie hatte etwas gesagt, was sich wie »Ja« anhörte, allerdings war das »Ja« nicht ganz deutlich gewesen, und dann hatte sie zu zittern begonnen, und weil er dachte, sie friere, hatte er seinen Arm um sie gelegt. An vielen Abenden hatten sie schon so nebeneinander gesessen, auf der Hollywoodschaukel, unter dem Licht der Gartenlaterne, bis spät in die Nacht draußen gesessen, sich unterhalten oder geschwiegen, und parallel ins Schwarze geblickt, auf den in der Dunkelheit leise plätschernden See. Als ihn der Laut ihres Weinens überraschte, hatte er den Arm sofort zurückgezogen und seine Frau angesehen, wie er sie in dreißig Jahren Ehe noch nie angesehen hatte. Dann war er aufgestanden und auf den Steg gegangen, ohne die Zweige der alten Weide, die wie ein Vorhang über den Beginn des Steges herabhingen, wie sonst mit den Händen zu zerteilen. Da steht er nun und schaut in die Nacht und hört in seinem Rücken, vom Ufer her, wie seine Frau noch immer schluchzt. Heulend auf der Heuliwoodschaukel, denkt er, und muß grinsen. Und das Grinsen zieht seine Mundwinkel so in die Breite, daß er sie gar nicht wieder einziehen kann. Er steht da, auf dem vordersten Ende des Stegs, den er, als seine Frau plötzlich zu weinen begann, so zielstrebig betreten hat, als führe er zur Kantine oder zur Kasse der Kaufhalle, selbst ohne darauf zu achten, wie die Zweige der alten Weide ihm übers Gesicht strichen, er steht da und grinst in die Nacht. Was weiß man. Heute über Tag sind sie noch gesegelt, bei leichtem Wind. Sie hatte die Seile gehalten, er hatte die Segel aufgezogen und hin und wieder ein wenig gesteuert.

Das Segeln ist eine schöne Sache. Aus Liebe zum Wasser hatten seine Frau und er lange Jahre in der Nähe des Hafens auf dem Zeltplatz campiert, bevor sie die Gelegenheit ergriffen, sich hier einzurichten. Sie durften die Werkstatt unten am Wasser zur Wochenendwohnung umbauen, hatten dabei aber einige nützliche Einrichtungen übernommen, so eine Werkbank samt Schraubstock, das Regal für die Angeln und ein kleines Waschbecken. Zwischen Nägeln, Seilen und Meißeln, Schraubenziehern und Gummistiefeln hatten sie es sich gemütlich gemacht, Fernseher, Tisch und Bett, alles war da, und ihr Boot schaukelte jetzt in Sichtweite zwischen zwei Bojen in der Nähe des Stegs. Das Segeln ist eine schöne Sache. Nach dem Fall der Berliner Mauer, als die Hausherrin im Ausland arbeitete und weder sie noch ihr Vater sich mehr um das Grundstück kümmerten, hatte seine Frau begonnen, das kleine Rasenstück zwischen Schuppen und Ufer mit Steinen zu verzieren, hatte zum Zaun hin Spargel gepflanzt, außerdem rechts und links von der Hollywoodschaukel Körbchen mit

Blumen in die unteren Äste der Bäume gehängt, wie seinerzeit auf dem Zeltplatz. Vom Frühling an, wenn das Boot zu Wasser gelassen war, segelten sie bei beinahe jedem Wetter hinaus. Sie hätten zur Abwechslung auch mit dem Paddelboot fahren können, das an der Rückwand des Schuppens hing. Die Hausherrin hatte es ihnen erlaubt. Aber sie kannten nichts Schöneres, als sich vom Wind treiben zu lassen. Das Segeln ist eine schöne Sache.

Wenn er segelt, kommt ihm alles still vor. Selbst, wenn der Wind in die Segel fährt und an den Seilen reißt, selbst dann noch. Auch das eigene Blut hört man ja nicht rauschen, es sei denn, man hält sich die Hand ans Ohr, denkt er, und hält die Hand ans Ohr. Beim Segeln reden er und seine Frau nur das Nötigste. Das Segeln ist wie ein Dienst. Woran, könnte er jetzt gar nicht sagen, ebensowenig wüßte er, wer das Schweigen einfordert, das seine Frau und er einhalten, ohne je darüber gesprochen zu haben. Wenn er segelt, kommt ihm das Wasser unendlich vor. Selbst, wenn das Ufer immer zu sehen ist. Selbst, wenn sie im Kreis segeln oder von einem Ende des Sees zum andern, und wieder zurück, und wieder und wieder. Wahrscheinlich kommt die Unendlichkeit durch die Bewegung, denkt er, aber auch darüber hat er mit seiner Frau nie gesprochen. Soll ich meine Schwester anrufen oder nicht, hatte seine Frau ihn gefragt, und er hatte gesagt: Das mußt du allein entscheiden. Was weiß man. Jetzt liegt das Wasser schwarz zu seinen Füßen und plätschert, und hinter ihm schluchzt seine Frau. Vielleicht ist das Schluchzen nur ein inwendiges Plätschern des Wassers, das ihr jetzt, beim Weinen, aus Augen und Nase läuft, denkt er und muß wieder grinsen. Auch damals, als er versucht hatte, zum anderen Ufer des Flusses zu schwimmen, war das Wasser so schwarz gewesen und hatte so leise geplätschert. Weit ist er in der Nacht nicht gekommen. So wie heute. Heute steht er grinsend am Ende des Stegs und ist schon wieder gefangen, schon wieder von hinten eingekascht, ohne Seile, damals durch Rufe vom Ufer her, Drohungen, Flüche, heute durch Laute, damals ohne ein Boot unter dem Arsch, schwimmend, und heute stehend, am Ende des Stegs. Seine Frau, die nicht einmal weinte, als sie ihm im Besuchsraum des Gefängnisses zum ersten Mal wieder gegenübersaß, weint heute.

Damals wußte er, daß er umkehren mußte. Sein Freund war nicht umgekehrt. Auf diesem Fluß, auf dem das Schwimmen verboten war, war das Wasser dahingeflossen wie auf anderen Flüssen, auf anderen Flüssen waren er und sein Freund oft zu ihrem Vergnügen geschwommen, waren bis auf den Grund getaucht oder hatten sich herumstrudeln lassen. Schwimmend noch hatte er sich in dieser Nacht darüber gewundert, daß, was hier so streng verboten war, dennoch so sehr all dem anderen Schwimmen glich. Auch heute weiß er, daß er irgendwann umkehren muß, zurück unter den Lichtschein der Laterne und zu seiner weinenden Frau, die auf der Hollywoodschaukel sitzt. Als er, noch nicht einmal sechzehn, Motorrad fahren lernte, übte er mit seinen Freunden ganz hier in der Nähe, auf einer unvollendeten Autobahn oben im Wald, einer dieser von nirgendwo nach nirgendwo führenden Betonpisten, die man hierzulande, wenn man sich auskennt, überall findet. Ein sandiger Spazierweg verwandelt sich plötzlich in eine Autobahn und verwandelt sich ebenso plötzlich wieder zurück in einen Spazierweg oder endet irgendwo unmittelbar vor dem Wald wie vor einer Wand. Damals, als er von einem älteren Freund das Motorrad zum ersten Mal lieh, um auf der Waldautobahn damit zu üben, wußte er, wie man Gas gibt, aber er hatte vergessen, nach der Bremse zu fragen. Als die Autobahn dann vor dem Wald endete wie vor einer Wand, war er mit viel Schwung in den Wald hineingefahren, war mit den breiten Spiegeln, die sein Freund am Lenker anmontiert hatte, zwischen Eichen und Kiefern herumgekurvt, ohne zu wissen, wie man eine solche Maschine wieder anhält. Scheiße, hatte er gedacht, und gelenkt und gelenkt, und den Ausgang aus diesem Wald mehr mit seinem Arsch als mit den Augen gesucht. Auf die Idee, kein Gas mehr zu geben, war er nicht gekommen. Manchmal ist das ja so, daß ein Scherz einen harten Kern hat, daß er sich mit den Zähnen, die er zum Lachen bleckt, unversehens verbeißt und nicht mehr losläßt. Scheiße. Seine Frau weint noch immer. Scheiße, denkt er, und steht mit dem Rücken zu ihr. Ob ein einziges Wort schon ein Gedanke sein kann, weiß er nicht, aber jedenfalls ist dieses eine Wort alles, was er denkt, mehr mit dem Arsch denkt als mit dem Kopf. Und wenn, dann wohl ein Gedanke, der urplötzlich anfängt, so wie der Wald, in den er damals hineingerauscht ist, und ebenso urplötzlich wieder zu Ende ist. Nur erscheint einem die Strecke zwischen den viel zu eng gepflanzten Eichen und Kiefern unendlich, während man zwischen den Stämmen herumkurvt, und der Schatten des Waldes auf dieser Strecke kühlt nicht, sondern verbrennt einen von innen. Scheiße. Als er die Autobahn nach unendlich vielen Kurven ebenso plötzlich, wie sie aufgehört hatte, wieder unter den Reifen spürte, war er Hitler zum ersten Mal in seinem Leben dankbar gewesen. Alle Spiegel waren noch heil.

Das Umdrehen ist eine Kunst, die er also beherrscht, oder die ihn beherrscht, was weiß man. Ob einer geradeaus schwimmt oder umdreht, das Schwimmen ist immer das gleiche. Sein Freund, mit dem er sich in dieser Nacht betrunken hatte und dann, wie im Scherz, gemeinsam in den Fluß gesprungen war, war nicht umgekehrt. Entweder hatte er beim Schwimmen die Rufe hinter sich nicht gehört, oder sie für einen Teil des Scherzes gehalten, oder, auch das war möglich, hatte einfach nicht umdrehen wollen. Das Schwimmen ist immer das gleiche. Sein Freund war weder am anderen noch am diesseitigen Ufer je angelangt. Beim Segeln hat er mit seiner Frau das Durchkentern geübt. Das Schiff kippen, samt Besatzung einmal drehen, und dann wieder nach oben. Am Mast muß man sich festhalten, damit man, wenn das Schiff wieder auftaucht, noch immer an Bord ist. Das Segeln ist eine schöne Sache. Was weiß man.

Daß sie eine Schwester hat, weiß die Frau erst seit einer Woche. Vor einer Woche hatte das Telefon geklingelt. Eine Schulfreundin, die die Frau seit dreißig oder vierzig Jahren weder gesehen noch gesprochen hat. Was für eine Überraschung, daß es dich noch, wie hast du mich denn, und woher die Nummer, es soll ein Klassentreffen, nein sowas, auch der und der, und die, und wie hieß der, der damals vorzeitig, ach, der ist schon, ja, das ist aber traurig, und ob und wieviele Kinder, Arbeit, Mann, Segeln, Wochenendgrundstück, hat sie eigentlich die Adresse, und überhaupt, was ist denn. Überhaupt, was ist denn aus deiner Schwester geworden. Aus welcher Schwester. Und lebt dein Stiefvater noch. Was für ein Stiefvater denn. Ach so, du weißt es immer noch nicht, sagt dann diese Freundin, all das am Telefon, dein Vater war doch gar nicht, was, sagt die Frau und schaut, während sie den Hörer ans Ohr hält, aufs Wasser, wo in der Nähe des Stegs zwischen zwei Bojen das Segelboot schaukelt, ach, das tut mir jetzt aber leid, sagt dann die Stimme der Freundin im Telefonhörer, der Mann kann das aber nicht hören. Der Mann hört nur, wie seine Frau nach einer Pause des Zuhörens am Telefon erst sagt: Aus welcher Schwester, und ein paar Momente später wieder nach einer kurzen Pause sagt: Was für ein Stiefvater denn. Und ganz zum Schluß einfach nur: Was? sagt oder fragt. Das Telefonkabel hat er selbst noch zu Ostzeiten vom Haus bis hinunter zur Werkstatt verlegt. Der Vater der Hausherrin hatte ihnen damals erlaubt, sich vom Hauptanschluß eine Nebenstelle abzuzweigen. Sie selbst warteten zu der Zeit schon seit dreizehn Jahren auf einen Anschluß für ihre Wohnung in der Kreisstadt. Wenn ein Telefon irgendwo steht, klingelt es auch.

Meine Kindheit war wie im Märchen, hatte die Frau sonst immer zu Leuten gesagt, und gelächelt. Sie sprach dann von ihrem Vater, der ihr gezeigt hatte, wie man angelt, Spargel anpflanzt und mit dem Rechen umgeht. Ihr Vater hatte sie immer sein Töchterchen genannt. Wenn sie von ihrer Kindheit erzählte, hatten immer alle Leute so ausgesehen, als wünschten sie sich, ihre Kindheit sei auch wie im Märchen gewesen. Von ihrer Stiefmutter erzählte sie nie. Wenn ihr Vater zu Hause war, wagte die Stiefmutter nicht, sie zu schlagen. An ihre leibliche Mutter konnte sie sich nicht erinnern, und der Vater sprach nicht darüber. Aber jetzt, mit einem Leben Verspätung, erfährt sie am Telefon, daß auch der Vater nicht echt war, und daß es außer ihr noch ein anderes Mädchen in einem Nachbardorf gab, ihre Schwester, an die sie sich nicht erinnern kann. Beide, sie und diese andre, seien damals als kleine Kinder von Kriegsflüchtlingen aus dem Riesengebirge hierher gebracht worden und dann in verschiedene Dörfer zu verschiedenen Eltern gegeben, hat ihre Freundin gesagt. Jeder im Dorf hätte das gewußt. Nur sie nicht. Ach, das tut mir leid, sagt die Freundin.

Soll man, mit einem Leben Verspätung, versuchen, die eigene Schwester zu finden, und wenn man tatsächlich herausfindet, wo sie wohnt, soll man dann anrufen, sie einladen oder besuchen? Ihr einen Brief schreiben, oder lieber alles so lassen, wie es war, auch wenn von jetzt an alles anders sein wird, als es war? Jede beliebige ältere Frau, die mit einem Boot an ihr vorbeisegelt, könnte ihre Schwester sein. Oder die Irre, die im benachbarten Kurort immer einen leeren Einkaufswagen vor sich herschiebt und dabei Verwünschungen murmelt. Eine, die im Café sitzt vor einem Stück Torte. Eine vitale Mittsechzigerin, die per Annonce einen Nichtraucher sucht, oder irgendeine dürre Frau in Berlin. Womöglich ist ihre Schwester überhaupt schon längst hin und verbuddelt. Ist jetzt die ganze Welt mit ihr nah verwandt, oder umgekehrt alles, was nah war, plötzlich fremd oder tot? Als Kind hatte sie immer den Vater gefragt, wenn sie mit sich selbst uneinig war. Und auch später, nach dem Tod ihres Vaters, stellte sie sich, wenn sie nicht wußte, was tun, vor, was er ihr in der oder jener Situation geraten hätte. Aber wenn ihr Vater gar nicht ihr Vater war, wer sollte ihr raten? Als sie ihren Mann eben gefragt hatte, ob sie ihre Schwester anrufen solle, hatte der nur zur Antwort gegeben: Das mußt du allein entscheiden. Jetzt, mit einem Leben Verspätung, ist sie allein. Wohin soll sie gehen, um den Ort wiederzufinden, an dem sie in Wahrheit geboren wurde? Etwa ins Riesengebirge?

Erst eine Woche bevor sie in den schwarzen Fluß stiegen, aus dem er wenig später triefend und frierend wieder hinausstieg, sein Freund aber nicht, hatten sie begonnen, ihre Lage zu überdenken. Es standen ihnen in ihrem Studium Prüfungen bevor, die weder er noch sein Freund bestehen würden, soviel war klar. Aus verschiedenen Gründen hatten sie die Zeit, in der sie für die Prüfungen hätten lernen müssen, mit anderen Dingen vertan. Sein Freund hatte sich um den Studentenfasching gekümmert, hatte Ortsbegehungen vorgenommen und zahlreiche Briefe geschrieben, bis am Ende das Naturkundemuseum einwilligte, mehrere Säle für das Fest zur Verfügung zu stellen. Als Teufel und Schweine, Schulmädchen, Römer und Nixen waren die Studenten nach Anbruch der Schließzeit in das palastähnliche Gebäude eingefallen, hatten auf den Vitrinen das kalte Büffett aufgebaut, dann die ganze Nacht hindurch zwischen Saurierskeletten und ausgestopften Gorillas getanzt, einige hatten versucht, den Alkohol aus den Sammlungen mit Wasser verdünnt zu trinken, andere waren in die größeren Dioramen eingestiegen und hatten zwischen Füchsen und Elchen lebende Bilder des Schlafs und der Liebe abgegeben. Über der Organisation dieses unglaublichen Festes, auf dem Ehen gestiftet und Kinder gezeugt worden waren, war seinem Freund jeder Gedanke an Statik oder Bauphysik abhanden gekommen. Er selbst dagegen war einige Wochen zuvor bei einem seiner Streifzüge durch die Ruinen von Berlin auf eine Katakombe aus dem letzten Jahrhundert gestoßen, in deren Gewölben sich biedermeierliche Tote mit Kleidern und Kopfbedeckungen vollständig erhalten hatten. In ihren Särgen hatten sie den Krieg und alle anderen, frischeren Tode überdauert, waren zwar faltig, aber samt Zehnägeln und Zylindern gut zu erkennen. Er hatte seine heutige Frau, damals seine Verlobte, gefragt, ob sie nicht Lust habe, sich einen dieser Toten, sozusagen als stummen Diener, in den Flur zu stellen. Aber seine Verlobte hatte die ganze Geschichte für eine Erfindung und den Vorschlag mit dem stummen Diener für einen Scherz gehalten, noch dazu für einen schlechten, und deshalb nicht einmal darüber gelacht. Viele Stunden hatte er dann in dieser Gruft verbracht und die Toten gezeichnet, natürlich ohne den geringsten Gedanken an die physikalischen Grundlagen des Stehenbleibens zum Beispiel einer Ruine.

Wir müssen in den Westen, hatte sein Freund dann eines Abends gesagt, als bis zur Prüfung nur noch eine Woche Zeit blieb. Und das Jahr dort wiederholen. Oststudenten wurden bei Fortsetzung ihres Studiums im Westen um ein Jahr zurückgestuft, und das war genau das Jahr, das ihnen fehlte, wegen des Faschings und wegen der Toten. Neu anfangen, hatte sein Freund gesagt. Hier sei keine Chance, denn hier liefen die Kaderakten und damit die Zeit ja immer weiter. Dann hatten sie überlegt, wo die Flucht am leichtesten zu bewerkstelligen sei. Bei der grünen Grenze kannten weder er noch sein Freund sich aus, einen Ballon hatten sie nicht, also entschieden sie sich für die Elbe. Es sei noch so kalt, hatte sein Freund gesagt, daß kein Grenzposten im Ernst damit rechne, daß einer im Fluß schwimmen könne. Wir betrinken uns vorher, damit wir die Kälte nicht spüren, und dann machen wir rüber. Hatte sein Freund, der Sachse, gesagt. Weder er noch sein Freund hatten von ihren Frauen gesprochen. Obgleich es ihm heute unglaublich erscheint, würde er sagen, er habe damals seine Verlobte einfach vergessen. Eine Woche später hatten sie eine Rohrzange und drei Flaschen Wein eingesteckt, waren mit ihren Fahrrädern in einen Zug gestiegen, anderthalb Stunden gefahren und dann von einer kleinen Bahnstation aus zu den Elbwiesen geradelt. Dort hatten sie sich im Finstern betrunken und waren, am Vorabend der Prüfung in Statik und Bauphysik, so wie geplant, in den Fluß gestiegen, um ein Jahr rückwärts zu schwimmen.

Wiedergesehen hatte er seine Verlobte, seine heutige Frau, erst im Gerichtssaal. Dort war sie als Zeugin aufgerufen und gefragt worden, ob sie von seinen Fluchtabsichten wußte. Und sie hatte wahrheitsgemäß Nein gesagt. Im Vergleich zu diesem Moment waren ihm alle Fragen der Bauphysik leicht erschienen, und ihm war klargeworden, daß er in seine Prüfung hineingeschwommen war, anstatt sich von ihr zu entfernen. Das Schwimmen aber ist immer das gleiche. Später hatte er seine Verlobte gebeten, ihm ein Buch über Bauphysik ins Gefängnis zu bringen, er hatte das Buch studiert und anschließend unter den Mithäftlingen Lehrgänge in diesem Fach abgehalten. Der Anteil an Männern aus dem Baugewerbe, die im Gefängnis saßen, war zu der Zeit höher als üblich, denn beim Errichten der Mauer hatten etliche Arbeiter versucht, auf die andere Seite des eigenen Bauwerks zu gelangen. Nach der Zeit im Gefängnis war er zu seinem ehemaligen Professor gegangen, hatte darum gebeten, die Prüfung extern ablegen zu dürfen, hatte sie spielend bestanden, das Studium aber nicht wieder aufgenommen.

Jetzt scheint seine Frau sich beruhigt zu haben, sie klirrt mit den Gläsern, ist wohl aufgestanden und beginnt abzuräumen. Als er sich umdreht, sieht er durch den Vorhang der Weidenzweige, wie sie mit einem Tablett in den Händen gerade im Werkzeugschuppen verschwindet. Sein Blick fällt auf die weißen Blumenampeln aus Plaste, die sie in die Bäume gehängt hat, die Ampeln sind angeleuchtet von der Laterne, und in ihrer Künstlichkeit noch viel weiter entfernt von der Nacht als das Licht selbst. Der Schuppen, in dem seine Frau und er sich unter die Werkzeuge eingeordnet haben, steht im Dunkel. Das Abkommen mit der Hausherrin wird nur noch provisorisch aufrechterhalten, seit die Erben des vormaligen Besitzers ihren Anspruch auf das Grundstück angemeldet haben, wie die Ferienunterkunft selbst ist auch das Unterpachtverhältnis jetzt nur noch eine Zwischenlösung, so hat es die Hausherrin genannt. Wenn die Eigentumsverhältnisse zugunsten der Erben geklärt sein werden, müssen sie raus, er und seine Frau, so ist es vereinbart. Aber wann das sein wird, weiß keiner. Unterpächter, das hört sich ein bißchen an wie Unkraut, hatte seine Frau nach dem Gespräch mit der Hausherrin gesagt, und irgendwie hängt seitdem für ihn dieser Begriff Unkraut mit dem Glück zusammen, das er hier beim Segeln empfindet. Das Glück wächst aus der Unordnung heraus, so wie die Unendlichkeit aus dem endlichen See herauswächst, dem er jetzt den Rücken kehrt. Er und seine Frau verbringen ihre Wochenenden in einem Werkzeugschuppen, binden ihr Segelboot an einen Steg, der ihnen nicht gehört, und sind dennoch, würde er sagen, ganz und gar glücklich auf dieser unter Vorbehalt geborgten Parzelle.

Wäre ihm damals die Flucht geglückt, hätte er das Studium im Westen wahrscheinlich geschafft. Seine Zeichnungen von den Toten jedenfalls hatte das Museum für Stadtgeschichte sofort angekauft, nachdem die Katakomben geöffnet, die Toten verlegt und die Kirche wiederaufgebaut worden war. Nach der Zeit im Gefängnis aber war er im Osten, wie nicht anders zu erwarten, zur Läuterung in die Produktion geschickt worden, in eine Möbelfabrik. Eigentlich hatte das ein Übergang sein sollen, eine Zwischenlösung. Ein halbes Jahr später hätte er das Studium auch hier wieder aufnehmen können, er war aber aus eigenem Entschluß als einfacher Arbeiter in der Fabrik geblieben. Die Zwischenlösung hatte sein ganzes Leben gedauert, bis jetzt, zum Beginn seiner Rente. Wenn das Gespräch darauf kam, sagte er immer, er habe einfach gemerkt, daß ihm die praktische Arbeit lieber sei als das Studieren. Was weiß man. Während er die schwankenden Bretter des Stegs unter seinen Schritten spürt, denkt er, daß es schön wäre, wenn es seiner Frau und ihm gelingen würde zu sterben, bevor über das Eigentum endgültig entschieden ist. Denn dann könnte der Redner auf der Trauerfeier sagen, sie hätten bis zuletzt dem, was sie liebten, nachgehen können: dem Segeln.

Der Gärtner

Im Dorf wird erzählt, daß die Tochter des Hauses nächtens gesehen worden sei, wie sie mit einigen Burschen auf dem Steg der Dampferanlegestelle gesessen und geraucht und getrunken habe. Besonders bei Vollmond steige sie gern, ohne daß ihre Eltern oder ihre Großmutter davon wüßten, über das Gitter des kleinen Balkons vor ihrem Fenster, klettere über den Fensterrahmen des Stubenfensters und eine Räuberleiter, die der Gärtner ihr mit seinen Händen hinhalte, hinunter, und später auf demselben Weg auch wieder hinauf.

Die Unterpächter sind froh, daß der Gärtner ganz ruhig auf der Schwelle sitzen bleibt, den kalten Zigarrenstumpen im Mund, als sie beginnen, den großen Tannenbusch abzusägen, es geht ihnen darum, die Telefonleitung so gerade wie möglich vom Haus bis hinunter zur Werkstatt zu verlegen, damit das Kabel, das sie sich privat besorgt haben, reicht. Der Tannenbusch war in letzter Zeit ohnehin gelblich und unansehnlich geworden, noch dazu ist er längst innen hohl. Beim Entfernen des gewaltigen Wurzelstrunks stoßen sie auf eine Kiste mit Porzellan. Nicht schlecht, was in einem Garten alles so wächst, sagt der Hausherr, als sie ihm die Kiste zeigen. Wunder der Natur, sagt er. Der Gärtner nickt. Der Hausherr hebt die Kiste auf und bringt sie zum Auto.

Der Kinderfreund

Manchmal steigt er auf eine Leiter und zieht die Folie zurecht, mit der er das Schilfdach des Badehauses im letzten Herbst abgedeckt hat. Vielleicht würde er in den Nächten so ähnlich auch die Decke über seine Freundin ziehen, wenn sie, wie es damals ausgemacht war, im Bett neben ihm liegen würde als seine Frau. Von der Seeseite her hat das Dach begonnen zu faulen. Viel Sinn hat es nicht, was er tut, vielleicht fault das Dach unter der Folie sogar noch schneller, aber es einfach dem Wind zu überlassen, bringt er auch wieder nicht fertig. So hält es wenigstens noch eine kurze Zeit lang zusammen und sieht aus wie ein Dach.

Hätte sein Vater ihn damals nicht von der Baustelle schnell nach Hause geschickt, um Bier zu holen, wäre er in dem Moment, in dem sie mit ihrem Vater in der Böschung gegenüber von ihrem Haus Himbeeren pflückte, nicht dort entlanggekommen. Ihr Vater hatte ihn herangewinkt und gefragt, ob er nicht auch Himbeeren wolle, und er hatte Ja gesagt. Von da an, als er zum ersten Mal mit ihr zusammen Himbeeren gepflückt hat, bis heute, wenn er auf die Leiter steigt, um die Folie auf dem Dach des Badehauses zurechtzuziehen, hat das Leben dann so seinen Verlauf genommen. Manchmal fragt er sich, ob, wenn die Väter sich an diesem Tag nicht wie verschworen hätten, um sie und ihn zu Spielkameraden zu machen, ob sein Leben auch dann sein Leben geworden wäre. Aber mit irgendeinem Hätte und Wäre hätte das Leben sich wahrscheinlich auch dann gefüllt und wäre dann wahrscheinlich genauso sein Leben gewesen. Damals, als er fünf Jahre alt war, und sie gerade vier, ist von den Vätern oder von wer weiß wem ein für allemal über die Handgriffe entschieden worden, mit denen er, inzwischen Mitte Fünfzig, stehend auf einer Leiter, eine vom Wind zersauste Folie wieder geradezieht.

Traust du dich, auf dem Ast hier noch weiter nach vorn zu kriechen, wollen wir schaukeln, weißt du, daß man die Kolben vom Schilf rauchen kann, wollen wir aus den Fliesen ein Haus im Wasser bauen, ich habe eine Patronenhülse gefunden, ich auch, wollen wir schaukeln, wenn du ein Brett über den Reifen legst, hast du ein Floß, Blasrohre nur aus Holunder, der ist innen hohl, hat der Gärtner gesagt, wollen wir in den wilden Liedtke-Park, da wachsen Äpfel, die keinem mehr gehören, wollen wir schaukeln, komm, ich mach Räuberleiter, wie weit kannst du tauchen, mein Schiff hat ein Steuerruder aus Blech, also das Schlafzimmer geht vom Kissen da bis zur Decke, wollen wir schaukeln, kannst du freihändig fahren, weißt du schon, der kleine Daniel hat sich aufs Fensterbrett gestellt und hinausgepinkelt, Mist, mir ist das Ruder ins Wasser gefallen, gib mir einen Kuß.

Da drüben, zwischen den Wurzeln der großen Eiche, die er von der Leiter aus gut sehen kann, haben sie damals das Kistchen vergraben, das als Schatz die Aluminiumpfennige von der Hochzeit seiner Schwester enthielt, und dabei die Zinnkrüge gefunden, die irgendwer anders an derselben Stelle in der Erde versteckt hat. Wenn er jetzt auf der Leiter steht, blickt er nicht zu den Wurzeln der Eiche hin, aber vermutlich ist das Kistchen noch dort in der Erde, oder, wenn es inzwischen verfault ist, sind zumindest die Pfennige noch da. Weißt du eigentlich, daß der kleine Daniel schon tot ist? Weißt du eigentlich, daß er schon damals tot war, als sein Vater seine Mutter erschießen wollte? Weißt du noch, wie er mit uns getaucht ist, zwischen den Hechten im Schilf, und wie kalt die Hechte waren, wenn sie mit ihren Fischmäulern gegen unsere Beine stießen? Kurz nach der Grenzöffnung ist er in der Karibik getaucht und dabei ertrunken. Ja. Als wären für ihn durch die Grenzöffnung nur die Möglichkeiten zu sterben größer geworden. Die Reise war sein Wäre und Hätte. Nun bleibt er für immer der Kleine. Nach der Nacht, in der Daniels Vater, der Krebs hatte und im Sterben lag, die Mutter von Daniel anschoß, lag auch sie im Sterben. Ja. Als ob das Sterben in so einer Familie um sich herumfrißt. Hast du die Zeitungen gelesen, auf deren Titelseite drei Tage lang der Bungalow zu sehen war, aus dessen Fenster der kleine Daniel damals hinausgepinkelt hat? Das Fenster ist jetzt schwarz und leer, wie der ganze Bungalow seit der Schießerei. Es hieß, um diesen Bungalow sei es bei dem Streit gegangen. Vom Bett aus hat Daniels Vater auf Daniels Mutter geschossen. Es sei um das Erbe für Daniels jüngeren Halbbruder gegangen. Den aus dem Westen. Ja. Durch die Grenzöffnung sind wohl auch für Daniels Eltern die Möglichkeiten zu sterben größer geworden.

Um die Folie über das Dach zu legen, hat er im vergangenen Herbst das Grundstück seiner Freundin zum ersten Mal wieder betreten, seit er ihr vor Jahren beim Packen und Ausräumen des Hauses geholfen hat. Er ist über die kleine Mauer aus Feldsteinen gestiegen und hat sich durch das Gebüsch seinen Weg auf ihr Grundstück gebahnt, weil das

Tor, durch das er als Kind immer eintrat, verschlossen war. Auf den gemauerten Pfosten zu beiden Seiten des Tors hatte er Nachmittage lang mit ihr gesessen, um Spaziergängern die Zunge herauszustrecken. Wenn er jetzt an das Wochenende denkt, an dem sie das Haus ausgeräumt und verlassen hat, oder auch an seinen Besuch in Berlin, als er dreizehn war, oder, noch weiter zurück, an den Nachmittag im Holzschuppen, an dem sie und er etwas gesehen haben, was sie besser nicht hätten sehen sollen, kommt es ihm seltsam vor, daß, unabhängig von dem, was passiert, auf einen Tag immer ein anderer folgt, und er weiß bis heute nicht, was es eigentlich ist, das sich da fortsetzt. Vielleicht gibt es das ewige Leben schon zu Lebzeiten, aber weil es anders aussieht, als man es sich erhofft, nämlich jenseits von dem, was geschehen ist, wie das alte, erkennt es nur niemand. Auch das Haus steht ja noch da, und er weiß nicht, was es ist, was da noch steht. Und er selbst. Und sie wahrscheinlich auch, irgendwo in der Welt.

Bei uns im Garten gibt es Stachelbeeren und Johannisbeeren und Äpfel, aber die Stachelbeeren und Johannisbeeren sind dies Jahr schon durch, hatte er gesagt und von ihrem Vater die Erlaubnis erhalten, ihr am Nachmittag seinen Garten zu zeigen. Bei uns gibt es nur Rosen, hatte sie gesagt, als sie dann in seinem Garten stand, und in einen unreifen Apfel gebissen. Von da an begann das, was er im Rückblick seine Kindheit nennen würde, von Ferien zu Ferien begann es mit ihrer Anreise und endete mit ihrer Abreise. An dem Tag, an dem seine Schwester im Brautkleid auf den Weg hinaustrat, um zur Trauung in die Kirche zu gehen, und ein Topf mit Pfennigen über sie ausgeschüttet wurde, um ihr Glück zu bringen, und er danach mit seiner Freundin die leichten Taler aus dem Sand aufklaubte, Aluminiumgeld, das beinahe ganz ohne Gewicht war, hatten sie und er, während die Hochzeitsgesellschaft sich schon entfernte, und sie mit den Händen noch durch den hellen Sand wischten, zum ersten Mal vom Heiraten gesprochen.

Haselnüsse kannst du mit einem schweren Stein aufklopfen, die sind ja innen noch weiß, wollen wir schaukeln, ich kann mit dem Vorderrad links um die Pfütze fahren, und mit dem Hinterrad rechts, wollen wir eine Geheimsprache erfinden, küssen soll zwitschern heißen, ja, wollen wir schaukeln, beim Angeln darf man nicht sprechen, klemm das Fliederblatt ganz flach zwischen die Hände, dann pfeift es am besten, das hat der Gärtner gesagt, wollen wir schaukeln, komm, wir begraben den Maulwurf hier unter dem Baum, vom Hirtentäschel die kleinen Herzen kann man essen, wir verstecken uns unter dem Tannenbusch, gib mir einen, ach, ich will zwitschern, ich auch.

Seine Eltern waren immer schon früh um sechs aus dem Haus, um acht frühstückte seine Freundin, ab halb neun durfte er kommen. Auf der Klinke des Tors mit den Pfosten zur Rechten und Linken lag, wenn er sie herunterdrückte, an kühlen Morgenden dann noch Tau. Im Vorübergehen klopfte er an die grünlichen Scheiben der Küche, damit die Köchin ihm aufschloß, dann trat er ein und blieb im Wohnzimmer neben der langen Tafel stehen, an der seine Freundin mit ihrer Familie und den Freunden der Familie saß, er stand, lehnte sich an den kalten Ofen und wartete, bis sie aufgegessen hatte. Danach spielten sie in ihrem oder in seinem Garten, badeten von ihrem oder von seinem Steg aus, versteckten sich in dem Geheimschrank in ihrem Kinderzimmer unter Mänteln und Kleidern oder sahen bei ihm zu Hause, wo der Fernseher auch tagsüber lief, den schwarzweißen Cowboys beim Galoppieren durch eine schwarzweiße Weite zu und zuletzt bei ihrem schwarzweißen Stürzen und Sterben.

Er hatte einmal gelesen, daß die Embryos im Mutterleib alle Stufen der Evolution durchlaufen, also als Fische und Lurche beginnen, später Fell bekommen, dann eine Zeitlang die Wirbelsäule von Schweinen haben, und erst zuletzt als Menschen geboren werden. Vielleicht, denkt er inzwischen, beginnt nach der Geburt eine zweite solche Urzeit, diesmal die geraffte Menschheitsgeschichte, Kindheit genannt, so als müsse die Zeit der Jäger und Sammler auch noch einmal allen gemein sein, als das Grundlegende, aus dem sich dann die verschiedenen Arten von Erwachsenen entwickeln. Aus Fischen und Lurchen waren ja im Laufe der Evolution die verschiedensten Wesen entsprungen, manche hatten sich zu Landtieren entwickelt, aus denen am Ende Affen oder Katzen wurden, andere hatten sich für das Leben im Wasser entschieden und wurden später Delphine oder Wale. Wenn dem so war, hatte er seine Freundin in der Steinzeit kennengelernt und mit ihr sein Leben etwa bis ins späte Mittelalter hinein geteilt, und das sind immerhin zweieinhalb Millionen Jahre.

Vielleicht, so sieht er es aus heutiger Sicht, ist eine solche Urzeit, die man gemeinsam verbracht hat, eine unauflösbarere Verbindung als ein Versprechen. Die Augen, mit denen er und sie damals im Holzschuppen etwas gesehen haben, was sie besser nicht hätten sehen sollen, stecken ja noch immer in ihren Köpfen, mögen die Köpfe inzwischen auch rein räumlich weit voneinander entfernt sein. Das Sehen von damals dauert ja immer noch an. Im Holzschuppen hatten er und sie sich ganz oben auf den Holzscheiten, in dem Meter zwischen den aufgestapelten Scheiten und dem Schuppendach, ein Versteck eingerichtet. Mit den Scheiten hatten sie Zimmer abgeteilt, die Zimmer mit Teppichresten ausgelegt, hier und da Stoffetzen an das Holz genagelt, und eine Taschenlampe als Beleuchtung aufgehängt – so bewirtschafteten sie, kriechend, eine ganze Wohnung. Von seiner Leiter aus kann er das Dach des Holzschuppens sehen, das inzwischen ganz und gar mit Blättern und herabgefallenen trockenen Ästen bedeckt ist. *Meine Cousine ist zu Besuch, Nicole, die will immer nackt baden gehen, die läßt sich auch von mir küssen, wenn sie nackt ist.* René, der Neffe des Direktors des Reifenkombinats, war etwas älter, ein Urlauberkind, und wenn er da war, kroch er sofort zu ihnen in den Schuppen, saß mit eingezogenem Kopf in ihrem Versteck, und schlug ihnen dies oder jenes vor. *Meine Cousine ist zu Besuch, Nicole, die will immer nackt baden gehen, die läßt sich auch von mir küssen, wenn sie nackt ist, die ist zwar erst zwölf, so wie ihr, aber bestimmt schläft die auch mit mir.* Bei jedem Stromanschluß gibt es drei Kabel, das blaue, das rote, und das gelbe. Das blaue und das rote sind nötig, damit Strom fließt, und das gelbe, obgleich es nie irgendwo angeschlossen wird, ist auch da, und man nennt es die Erdung. *Meine Cousine ist zu Besuch, Nicole, die will immer nackt baden gehen, die läßt sich auch von mir küssen, wenn sie nackt ist, die ist zwar erst zwölf, so wie ihr, aber be-*

stimmt schläft die auch mit mir. Wenn ihr euch hinter dem Holz versteckt, könnt ihr zuschauen, wollt ihr?

Zu dieser Zeit wußten sie längst, wie es aussieht, wenn Blut aus einer Schnittwunde läuft, sie hatten sich selbst mit dem Taschenmesser in den Arm geschnitten und Blutsbrüderschaft geschlossen, sie wußten auch, wie es aussieht, wenn beim Scheißen die Wurst erst langsam aus dem Loch kommt und dann schnell abfällt, unter der Weide unten am Wasser hatte erst er, dann sie sich hingehockt und den anderen zusehen lassen. Und weil das Sehen immer nur das Sehen war, also weder anfassen, noch riechen, noch schmecken und nicht einmal hören konnte, denn beim Hören vibrierte, wenn man die Hand auf das Tuch der Radiolautsprecher legte, immerhin die Hand, weil das Sehen selbst niemals auch nur mit dem allergeringsten Stück Wirklichkeit gefüllt werden konnte, schienen ihnen zu der Zeit die Lagerräume hinter ihren Augen unendlich, und das war wahrscheinlich der Grund, warum sie und er zum Vorschlag des Nachbarjungen sofort Ja sagten.

Natürlich hätten sie den Holzscheiten, die sie vom Schlafzimmer ihres Verstecks abgrenzten, einen Stoß geben können, als René seine Cousine Nicole fragte, ob sie wisse, wie Kinder gemacht werden. Natürlich hätten sie auch etwas später, als René seiner Cousine Nicole das, was diese noch nicht wußte, erklärte, plötzlich hervorbrechen und alles als einen Scherz hinstellen können. Aber als René, der schon etwas älter war, Nicole fragte, ob sie Lust hätte, das, was er ihr eben erklärt hatte, selbst auszuprobieren, und sie darauf Nein sagte, und dann immer und immer wieder Nein sagte, während René sie festhielt und ihre Beine mit seinem Leib auseinanderdrängte, und beide waren noch nackt vom Baden, und als Nicole, die erst zwölf war, schwächer war als René, der nach dem Sommer schon eine Lehre anfangen würde, und weinte, und er ihr den Mund zuhielt und dann begann, sich ruckartig auf ihr zu bewegen, da schauten er und sie noch immer durch die kleinen Spalte, die zwischen den Scheiten genug Platz ließen, um alles zu sehen. Erst war es zu früh gewesen, hervorzubrechen, und dann zu spät, und die Trennlinie zwischen zu früh und zu spät war so scharf, daß sie nicht einmal ein Niemandsland hätte genannt werden können. Hinter der hölzernen Wand, hinter die René die Sehenden eingemauert hatte, war es dunkel und eng, und wenn sie auch nur eine Bewegung gemacht hätten, wäre alles zusammengestürzt.

Sie sahen. Sie sahen so lange und so viel, bis alle Lagerräume hinter ihren Augen mit dem, was sie besser nicht gesehen hätten, gefüllt waren. Er hat keine Erinnerung daran, wie er und seine Freundin später aus ihrem Versteck hervorkrochen, wie sie über die verschieden hohen Holzstöße nach unten stiegen und ins Freie gelangten. Wenn es danach ginge, woran man sich erinnert, hielte er für möglich, daß sie niemals hinausgelangt sind, sondern bis heute unter dem Schuppendach hocken, das inzwischen ganz und gar mit Blättern und herabgefallenen trockenen Ästen bedeckt ist. Daß man an einem Ort durch gemeinsame Gier und Scham gründlicher festgeknüpft wird als durch gemeinsames Glück, das hätte er gern niemals gelernt.

Nur eines hatte er damals noch nicht verstanden, nämlich daß seine Freundin dort, wo er lebte, nur ihre Ferien verbrachte. Immer noch lebt er dort, obgleich seine Hände beginnen, die Hände eines alten Mannes zu werden. Erst bei seinem Besuch in Berlin, kurz nach der Jugendweihe, an diesem einen besonderen Wochendende, als die Richtung ein einziges Mal umgekehrt war, er der Ausflügler und sie diejenige, die daheim war, hatte er es verstanden, aber da war es zu spät gewesen. *Du Sonne meines Herzens*, hatte ein Schulfreund ihr geschrieben, immer wieder die Anrede: *Du Sonne meines Herzens*, und dann noch alles Mögliche andere auf kleine Zettelchen, die sie in ihrer Federmappe aufbewahrte. Gelacht hatte sie über ihn, als er die Zettel zufällig fand und sie fragte, wer sie die *Sonne seines Herzens* nennen dürfe außer ihm. Das sei nur ein Scherz, wirklich, nur ein Scherz, hatte sie gesagt, aber als er nicht nachgab und nicht zu lachen anfangen wollte, war sie mürrisch geworden und hatte zum ersten Mal ausgesprochen, was für sie offenbar damals schon selbstverständlich war, für ihn aber bis heute nicht, daß sie nämlich in Berlin, wo sie zu Haus sei, tun könne, was sie wolle.

Von da an war es ihm unmöglich gewesen, in den nachfolgenden Ferien noch jemals neben der langen Tafel auf sie zu warten, während sie mit ihrer Familie beim Frühstück saß, plötzlich hatte er sich selbst dort stehen sehen wie einen, der serviert, der sich selbst serviert, auf einem Tablett, von Kopf zu Fuß, Petersilie im Maul und zwischen den Zehen, einen gebackenen Apfel als Fülle. Wollen Sie mich essen? Von da an hatte der Lurch, der er bisher war, sich für das Landleben entschieden und der Lurch, der sie war, für ein Leben im Wasser, oder umgekehrt, jedenfalls hatte ihre spätmittelalterliche Spezialisierung dazu geführt, daß sie irgendwann, ganz ohne ihm noch etwas erklären zu müssen, mit einem Freund vor seiner Tür stand, dem sie ihn, ihren Kinderfreund, so hatte sie ihn bezeichnet, vorstellen wollte. Er, der Kinderfreund, hatte in der Tür seines Hauses gestanden, mit einem von einem Papiertaschentuch abgerissenen Schnipsel in der Nase, weil er kurz vor ihrem Klopfen an der Tür plötzlich Nasenbluten bekommen und sich provisorisch verarztet hatte. Ihr Klopfzeichen war noch immer das geheime Klopfzeichen ihrer Kindheit gewesen. Er hatte die Tür aufgemacht und seine Freundin mit ihrem Begleiter dort stehen sehen. Guten Tag, wollen Sie hereinkommen. Der Berliner Freund hatte auf den blutbeschmierten Schnipsel, der aus der Nase des Kinderfreundes seiner Geliebten herausstand, geblickt. Ich will nicht stören. Später klopfte sie seltener bei ihm an, wenn sie in Gesellschaft des einen oder anderen Freundes, den sie aufs Land mitgebracht hatte, bei ihm vorbeispazierte, aber wenn sie in der Werkstatt, die er sich neben seinem Haus eingerichtet hatte, unter einem Auto seine Beine hervorragen sah, rief sie ihm immer einen Gruß zu. Als sie irgendwann einen dieser Freunde heiratete, wurde es im Laufe der Jahre selbstverständlich, daß er ihrem Mann im Winter half, das Ruderboot an Land zu ziehen und umzudrehen, das Paddelboot an die hintere Wand des Holzschuppens zu hängen, im Frühling zusammen mit den Unterpächtern den Steg aufzubauen, oder auch gelegentlich, wenn sie und ihr Mann keine Zeit hatten herauszukommen, die Hecke zu schneiden, das Laub zusammenzuharken und all die anderen Arbeiten zu erledigen, für die der Gärtner schon lange zu alt war. Der Stundenlohn, den sie ihm zahlte, lag weit über dem ortsüblichen Tarif.

Nimmst du die Kiste hier mit den Büchern, ja klar, aber die linke Hand hab ich noch frei, hier sind die Schuhe, gut, die Kaffeemühle bleibt hier, ja sicher, die ist sowieso schon verrostet, die Kleider und Mäntel aus dem Schrank hab ich aufs Bett gelegt, die haben in keinem Koffer Platz, die muß man hängen, in Ordnung, hast du das Bettzeug, ja, dann laß den Vierkantschlüssel im Wandschrank einfach stecken, wer weiß, ob den noch jemals jemand braucht, das kann mir doch egal sein, warst du im Keller, den Strom abstellen, das Wasser, nein, lieber nicht, falls der Gärtner doch wieder auftaucht, und die Fensterläden im Badehaus schließen, ich geh gleich, aber das Paddelboot läßt du, ich hab Bescheid gesagt, die Pächter können sichs nehmen, wenn sie wollen. Die Handtücher, was soll ich damit, verschenk sie, wenn du sie nicht brauchst, hilfst du mir mit der Lampe, mehr geht nicht rein, wahrscheinlich hast du recht.

Als sie auszog, gehörte das Haus noch ihr und ihrem Vater, denn verkaufen durften sie es nicht, solange über den Besitz noch nicht befunden war. Es gehörte ihr und ihrem Vater, und das Telefon ging noch. Strom und Wasser wurden zwar abgestellt, als der Investor, dem ihr Vater die Spekulation mit dem Grundstück überlassen hatte, seine Umbauarbeiten abbrach und das Haus sich selbst überließ – aber wäre sie wiedergekommen, hätte sie alles mit wenigen Handgriffen wieder in Gang setzen können. Erst viel später rief ihn dieser Investor noch einmal an und bat ihn, die Erde auf dem Weg vor dem Haus aufzugraben und das Stromkabel zu zerhacken, auch die Wasserleitung zu unterbrechen, damit ihm nicht noch Kosten entstünden, falls jemand auf die Idee käme, sich einzunisten in dem leerstehenden Haus. Nur die Telefonleitung ließ er unangetastet, denn die hatten sich die Unterpächter noch mit Erlaubnis ihres Vaters bis in die Werkstatt gelegt.

Mit solchen Arbeiten hat er sich auf den Grundstücken rings um den See in den letzten Jahren manchmal etwas dazuverdient. Pfusch nannten sie früher die Schwarzarbeit, ungenehmigte Anbauten, jetzt hieß Pfusch meistens das Stillegen oder der Abriß. Zuvor hatte er auf Wunsch des Halbbruders von Daniel auch vor Daniels Bungalow den Sandweg aufgegraben, die Stromleitung zerhackt und die Wasserleitung unterbrochen. Nach dem Brand des Schmeling-Hauses hatte er bei den Aufräumarbeiten geholfen, das Grundstück war nach dem Brand plötzlich sehr billig gewesen, aber für ihn noch immer nicht billig genug, in seinem Alter hätte es sich ohnehin nicht gelohnt, ein unbebautes Grundstück zu kaufen, und Erben hatte er auch nicht. Der nächste Sturm wird die Folie wieder herunterreißen, weil man ins Stroh hinein nun einmal nicht nageln kann – das, was er da am Dach des Badehauses mit ein paar Schnüren befestigt, ist wirklich Pfusch, denkt er, und zieht die Schnüre fest. Wenn über sein eigenes Haus die Entscheidung gefallen ist, denn auch dafür hat schon jemand einen Antrag auf Rückübertragung gestellt, wird er sich eine kleine Wohnung in der Kreisstadt suchen, mit Fernheizung, günstigen Einkaufsmöglichkeiten und nicht zu teuer.

Der Gärtner

An den Winterwochenenden, wenn sie zum Eislaufen kommen, sehen die Unterpächter die Spuren des Gärtners im Schnee, vom Gästezimmer gehen sie aus und führen mal hierhin, mal dorthin, quer über die beiden oberen Wiesen und auch zum Vorgarten hin durch das Tor, aber, wie man an den Abdrücken sehen kann, ist keiner der Wege öfter begangen als einmal. Wenn sie dem Gärtner begegnen, was selten geschieht, fragen sie ihn, ob er vielleicht etwas brauche, was sie beim nächsten Besuch mitbringen könnten – frisches Brot vom Bäcker im Dorf, Eier, Nudeln, Obst oder Getränke. Aber der Gärtner dankt immer nur, schüttelt den Kopf und geht seiner Wege, einen kalten Zigarrenstumpen im Mund. Im Dorf wird erzählt, die Unterpächter hätten nach dem Fall der Berliner Mauer das echte Meißner an Westler verscheuert. Im Dorf wird erzählt, der Gärtner ernähre sich schon seit längerer Zeit nur von Schnee.

Als die Hausherrin aus Berlin kommt, um das Haus für den Investor zu räumen, ist der Gärtner nicht da. In seinem Zimmer stehen wie sonst Tisch, Stuhl und Bett, einige Kleidungsstücke sind über Haken geworfen, in der Ecke stehen die Gummistiefel, nur der Gärtner selbst ist nicht da. Die Unterpächter wissen auf die Frage, wo er denn sei, auch keine Antwort, auch sie seien ihm schon länger nicht mehr begegnet, in letzter Zeit sei ihm das Gehen immer schwerer gefallen, besonders hangabwärts. Ob ihm vielleicht etwas passiert sei? Nein, sagen die Unterpächter, das glaubten sie nicht. Gemeinsam mit der Hausherrin und ihrem Freund aus dem Dorf suchen sie das ganze Grundstück noch einmal gründlich ab, schließlich sogar das Ufer. Daß er sich nicht im Haus aufhält, ist jedenfalls offensichtlich.

Der Gärtner wird seitdem nicht wieder gesehen, und so stimmen zwei Monate später die Hausherrin und ihr Vater schließlich zu, als der Investor sie drängt, das inzwischen durch und durch feuchte Zimmer des Gärtners durch eine Mauer vom Haupthaus zu trennen, um der Schimmelpilzbildung, die von dort ausgeht, endlich Einhalt zu gebieten.

Die unberechtigte Eigenbesitzerin

Klagend: Herausgabe und Räumung des Grundstücks, des Hauses, gegen geleistete Ausgleichszahlung. Widerklagend. Ob Erwerb redlich, ob dingliches Nutzungsrecht gegeben, dabei nicht streiterheblich. Neun acht fünf BGB Anspruchsgrundlage der Kläger. Unstreitig. Unmittelbarer Besitz. Unmittelbarer Besitz heißt: Derjenige hat Gewalt über eine Sache. Paragraph siebzehn BGB. Daß es gegebenenfalls dahinstehen kann, daß Ihnen ein Zahlungsgrund zusteht, weil Dritte in voller Kenntnis der Restitutionsansprüche Verwendungen vorgenommen haben, und ein Zurückbehaltungsrecht aufgrund der Natur des Gläubigeranspruchs ausgeschlossen sein könnte. Anspruch des Widerklägers aus Bereicherungsrecht könnte bestehen in Höhe der Differenz zwischen dem heutigen Verkehrswert und dem Wert ohne die vorgenommenen Investitionen. Der Zeitpunkt, an dem die Verwendungen vorgenommen wurden. Güteverhandlung. Die Grundbuchbeziehung ist notwendig für hinreichende Bestimmtheit. Eintragung einer Grundschuld an der rangbereitesten Stelle. Mit dem vorliegenden Vergleich. Ich ergänze: Mit der Erfüllung des vorliegenden Vergleichs. Mit der Erfüllung des vorliegenden Vergleichs sind alle Ansprüche bezüglich des Streitgegenstandes. Ich ergänze: Sind alle Ansprüche aus dem Rechtsstreit. Mit der Erfüllung des vorliegenden Vergleichs sind alle Ansprüche aus dem Rechtsstreit bezüglich des Streitgegenstandes. Abgegolten.

Und jetzt will sie noch einmal ins Haus gehen. Mit dem Schlüssel, der noch immer an ihrem Schlüsselbund hängt, mit dem sich alle Türen des Hauses und auch die des Holzschuppens öffnen und schließen lassen, mit dem abgegriffenen Sicherheitsschlüssel, Zeiß Ikon, den sie von Rechts wegen vor zwei Tagen hätte abgeben müssen, mit diesem Schlüssel will sie noch ein letztes Mal die Tür aufschließen, deren Schloß nach einer halben Umdrehung des Schlüssels immer klemmt. Die Glasscheiben der Tür klirren leise, von den eisernen Ranken, mit denen das Glas geschützt ist, fallen brüchige Splitter roter und schwarzer Farbe zu Boden. Die Tür anheben, wie sie es auch sonst immer gemacht hat, um den Schlüssel weiterdrehen zu können, und dann die Tür weit aufmachen, bis sie an der Hauswand anschlägt, den Stein davorschieben, der noch immer bereitliegt, und dann hineingehen.

Die bemalte Tür zur Besenkammer ist ausgehängt, deshalb ist das erste, was sie sieht, als sie das Haus betritt, nicht, wie früher, der Garten Eden in zwölf quadratischen Kapiteln, sondern ein alter Besen, ein Handfeger, eine Schaufel und ein paar Lappen. Auch die Tür zum Wohnzimmer ist ausgehängt, deshalb muß sie nicht die messingne Klinke niederdrücken, um einzutreten, und deshalb ist auch kein metallenes Seufzen zu hören, als sie den Raum betritt. Alles, was an den zwei Wänden, die vom Schwamm befallen waren, aus Holz war, hatte vor neun Jahren herausgenommen oder herausgerissen werden müssen, deshalb fehlt auch die lange Sitzbank. Die dazugehörige Tafel und die beiden Türen haben die Handwerker damals ins Badehaus hinübergetragen. Weil das Badehaus zu klein war, mußten sie die Tafel dort hochkant stellen, und so steht sie noch immer, sie hat es durch einen Schlitz zwischen den Fensterläden gesehen, als sie kam. Der Schlüssel für das Badehaus hängt, wie früher, am Schlüsselbrett neben dem Schlüssel zur Werkstatt, und an dem baumelt, wie früher, der goldene Blinker, das Schlüsselbrett ist, wie früher, um die Ecke beim Ofen, nur der Ofen ist weg, denn der stand an der schwammigen Wand. Bis in die obere Etage war der Schwamm gewachsen, während sie im Ausland arbeitete, und ihr Vater einen Herbst, einen Winter und einen Frühling lang mit dem Herrn verhandelte, dem er im Ausgleich für die dringend notwendigen Reparaturen die Spekulation mit dem offiziell noch ihnen gehörenden Haus angeboten hatte. Verkaufen durften sie nicht, solange die Entscheidung des Amtes nicht gefallen war, aber nach der Halbierung der ostdeutschen Konten besaßen sie nicht mehr die Mittel, um das Haus selbst zu erhalten. Vorliegend gegebenes Erfordernis. Verfahrensgegenständliches Grundstück. Abprüfung der Eigentumsverhältnisse. Registriernummer 654.

Niemals hatte ihrem Vater viel an der Natur gelegen, dieses Wort »Natur« hatte er schon früher nur mit Verachtung ausgesprochen, immer schon hatte er gesagt, daß er das Rasenmähen hasse, daß Blumen ihn langweilten, daß das Schwimmen ihn nicht interessiere, hin und wieder nur tauchte er im Schilf, um mit der Harpune Hechte zu jagen. Deshalb hatte sie sich nicht darüber gewundert, daß ihr Vater sie nach dem Tod seiner Mutter gleich als Miteigentümerin des Hauses eintragen ließ, Löschungsvermerk, wenn sich über der ersten und unter der letzten Zeile ein waagerechter Strich befindet und beide Striche durch einen von oben links nach unten rechts verlaufenden Schrägstrich verbunden sind. Sie hatte sich auch nicht darüber gewundert, daß er, seit von den im Westen lebenden Erben der Frau des Architekten der Antrag auf Rückübertragung gestellt worden war, kein einziges Mal mehr hinausgefahren war, ebensowenig wie darüber, daß er sich nicht am Leerräumen des Hauses beteiligte, nachdem er sich mit dem Investor endlich geeinigt hatte. Ihr Kinderfreund, der ihr beim Ausräumen half, hatte damals den Holzschwamm entdeckt. Nur einmal, irgendwann während der vielen Jahre, in denen das Haus dann unbewohnt dort stand, und sie und ihr Vater auf das Urteil des Amtes warteten, hatte ihr Vater etwas zu ihr gesagt, was sie niemals vorher aus seinem Mund gehört hatte, nämlich daß es ihm, wenn er irgendwo eine solche Landschaft anschauen müsse wie dort, eine solche Landschaft mit Hügeln und Seen, ähnlich ginge, als wenn er jemanden Russisch sprechen höre, die Sprache des Landes, in dem er geboren worden war. Was genau er damit meinte, beschrieb er nicht näher. Sie wußte nur, daß er, als er wieder aus dem Kinderheim herausgekommen war, in das ihn seine Eltern für vier Jahre gegeben hatten, weil sie an die kollektive Erziehung glaubten, alt genug gewesen war zum Rasenmähen. Natur.

Regendrainage stark verwurzelt. Sechs Bäume zu entasten. Das Nutzungsrecht teilt das Schicksal des Gebäudekaufvertrages, welcher nicht wirksam geworden ist. Verliehen. Aufgehoben. Eingegangen. Den Vollstreckungsorganen ist es nicht möglich, mit den zugelassenen Erkenntnismitteln den angemessenen Ausgleichsbetrag festzustellen. Den Betrag nebst Rechthängigkeitszinsen. Mit Wirkung für die Vergangenheit und Zukunft.

Der Investor hatte den Schwamm beseitigt, das Dach neu gedeckt, die alten Bäder in der Absicht, sie von Grund auf zu erneuern, herausgerissen, das stark von Feuchtigkeit angegriffene Gärtnerzimmer vermauert, dafür einen Durchbruch zur Garage gemacht, um ein neues Zimmer zu gewinnen – hatte dann aber, als seine Hoffnungen auf eine Einigung mit den Erben und damit auf den Erwerb des Hauses sich als trügerisch erwiesen, die Stromleitung kappen- und das Haus einfach so stehenlassen, wie es war. Mit ihrem Vater hatte sie schon lange nicht mehr über das Grundstück gesprochen. Recht, Abt. III, lfd. Nr. 1, lastend auf dem Grundstück, Gemarkung, Flur, Flurstück. Streitbefangenes Grundstück. Bestandskraft.

Die Treppe, die ins obere Stockwerk führt, ist von Staub bedeckt, Stücke vom Verputz der gewölbten Decke sind auf die Stufen gefallen und zerbrochen, auch oben ist der ehemals glänzende Korkfußboden von einer gleichmäßigen Staubschicht bedeckt, völlig desolate aufstehende Baulichkeiten, Klagebefugnis. Vom Bad ist nur noch das bunt gewürfelte Fenster erhalten, Waschbecken, Dusche, Toilette und Fliesen sind fort, jetzt blickt sie zwischen den Balken des Fußbodens hindurch in die Diele, ungefähr dorthin, wo an den Fernsehabenden ihre Großmutter im bequemsten der Gartensessel saß, Ausfluß einer herausgehobenen, persönlichen Stellung. Im Vögelchenzimmer, das sie ihre ganze Kindheit über während aller Sommerferien bewohnt hat, öffnet sie, Zug um Zug gegen Räumung des klagebefangenen Grundstücks, die schwere Tür des verborgenen Schrankes, verbotene Eigenmacht, die Geheimtür ihrer Kinderzeit, deren Rädchen einen Halbkreis in den Staub zeichnen, an der Kleiderstange hängen die leeren Bügel, die sie selbst dort hinterlassen hat, als sie das Haus räumen mußte. Durch den großen Schrank kann sie jetzt inwendig bis zum Schrankzimmer ihrer Großeltern hindurchgehen, weil die Zwischenwand fehlt, zwingend verbundene Genehmigungsunfähigkeit, dingliche Wirkung der Bescheide bei Eigentumswechsel, Rüge der Zuständigkeit. Der Schrank, durch den sie ins Schrankzimmer hinaustritt, riecht, wie zu Lebzeiten ihrer Großmutter, noch immer nach Pfefferminz und Kampfer. Im Arbeitszimmer der Großmutter ist die Zimmerdecke von Kot und Urin der Marder zerfressen, auf dem Schreibtisch liegen Halme vom Schilfdach, durch ein Loch schaut man nach oben ins Dunkle. Die Vorhänge vor den Fenstern sind nur noch an einigen Stellen in den Schienen befestigt, der Rest der Stoffe hängt schief herunter und schlägt Falten im Staub. Die Fenster sind so verzogen, daß man sie nicht mehr aufmachen kann. Vorhandene Undichtigkeiten. Künftige Undichtigkeiten. Hilfsantrag ist abzuweisen, da er einen nicht vollstreckungsfähigen und damit unzulässigen Inhalt hat. Widerspruch. Grundsätzlich von der Redlichkeit. Nur wenn Grundannahme erschüttert. Beweislast.

Ohne, daß sie darüber nachdenken müßte, beginnt sie, die Halme vom Schreibtisch zu wischen, geht dann wieder hinunter, um Besen, Schaufel, Handfeger und Lappen zu holen. Im Arbeitszimmer der Großmutter, im Schrankzimmer, im Flur und im Vögelchenzimmer fegt sie zuerst die Spinnweben aus den Ecken und von den Fensterscheiben, wischt dann den Staub von den Leisten der Wandvertäfelung, fegt dann den Fußboden, Zimmer für Zimmer, und füllt den alten Eimer, den sie in der Küche gefunden hat, mit dem Staub, dem Schutt, den Halmen und dem Marderkot, der hier und da herumliegt. Noch die Treppe fegend, geht sie Stufe um Stufe nach unten und kippt den Inhalt des übervollen Eimers draußen unter die Büsche. Dann geht sie, mit dem leeren Eimer in der Hand, zwischen den beiden Wiesen und an der großen Eiche vorbei den Weg zum Wasser hinunter. Vor einem halben Jahr hatte sie den Unterpächtern kündigen müssen, nachdem das betreffende Uferstück wieder der jüdischen Parzelle zugeschlagen wurde, zu der es wohl ursprünglich gehört hatte. Unaufgebaut steht der Steg deshalb auf der Fläche vor der Werkstatt – aber weil der Zaun noch nicht begradigt ist, geht sie dennoch zur alten Stelle, dorthin, wo der Weg, der früher zum Steg führte, jetzt nur noch einen Rumpf hat, dort hockt sie sich hin, um Wasser aus dem See zu schöpfen. Mit der einen Hand hält sie sich an der Weide fest, mit der anderen zieht sie den Eimer über den Grund, dann kehrt sie ins Haus zurück und beginnt mit dem Aufwischen im oberen Stockwerk. Fünfmal muß sie zum See hinuntergehen und frisches Wasser holen, bevor alle Zimmer sauber sind, und mit einiger Mühe gelingt es ihr nun auch, zumindest im Vögelchenzimmer die Balkontür zu öffnen, damit der Fußboden schneller trocknet. Durch das offene Fenster kommt die warme Sommerluft in das Haus, und als sie auf den Balkon hinaustritt, ist alles, wie sie es immer gekannt hat. Auf die Kiefer, die zunächst dem Haus steht, fällt das Sonnenlicht und zeigt an, daß es ein schöner Tag wird.

Im unteren Stockwerk ist mehr zu tun, weil hier der Ofen abgerissen, der Mauerdurchbruch zur Garage vorgenommen und das Zimmer des Gärtners vermauert wurde.

Die Fenster zu putzen, schafft sie deshalb heute nicht mehr. Am Abend kurbelt sie die schwarzen Läden im Erdgeschoß mit dem in der Wand verborgenen Mechanismus zu, schließt die Tür von innen ab und legt sich oben im Schrank des Vögelchenzimmers schlafen. Am nächsten Tag putzt sie die Fenster, am übernächsten holt sie die Türen aus dem Badehaus und hängt sie wieder ein, zieht auch den Tisch, der sehr schwer ist, über die Wiese und die Terrasse bis ins Haus und stellt ihn in der Diele wieder dort auf, wo er immer gestanden hat. Die Stühle mit den geschnitzten Initialen hat sie in der Garage gefunden, nur die dazugehörigen ledernen Kissen sind verschimmelt. Sie gewöhnt sich an, ihr Auto oben am Rand der Chaussee zu parken, von dort geht sie den Schäferberg abwärts, zwischen Gestrüpp und Himbeerbüschen windet sie sich hindurch und überquert den Sandweg, wenn niemand zu sehen ist. Nachbarn begegnet sie nie, denn entweder sind deren Häuser schon abgerissen, oder sie stehen leer, so wie ihres. Einmal, an einem Regentag, sieht sie vom Vögelchenzimmer, wie ihr Kinderfreund über die große Wiese nach unten geht und kurz darauf mit der langen Leiter, die noch immer an der Rückseite der Werkstatt hängt, wiederkehrt, um sie ans Dach des Badehauses anzulegen. Er steigt auf die Leiter, zieht die Folie, die über das verfaulte Schilfdach gebreitet, aber vom Wind durcheinandergebracht ist, wieder gerade und befestigt sie an den Ecken.

An dem Morgen, an dem die Maklerin zum ersten Mal mit Kundschaft ins Haus kommt, ist sie zum Glück noch nicht aufgestanden, sondern schläft noch im Schrank, wo sie auch ihre Vorräte aufbewahrt und ein paar Kleidungsstücke zum Wechseln. Sie wacht erst auf, als die Maklerin nach dem messingnen Griff der flachen äußeren Tür greift, in die der Spiegel eingelassen ist, für die Kundschaft die flache Tür öffnet und sagt: Und hier ist ein Spiegel. Sie hört, wie die Kundschaft mit der Hand über das Furnier aus Vogelaugenahorn streicht und sagt: Das schlägt leider schon Wellen. Aber man kann es aufarbeiten lassen, sagt die Maklerin, und zieht jetzt, offenbar mit einiger Mühe, die Tür zum Balkon auf, sie sagt: Und dann die Aussicht von hier. Die Kundschaft sagt: Ein wenig verwuchert. Die Maklerin sagt: Das hier ist eindeutig das bessere Ufer, die Sonnenuntergänge finden nun einmal im Westen statt, sie lacht, die Kundschaft lacht nicht, und außerdem, sagt die Maklerin, sind die Grundstücke drüben durch die Promenade vom See getrennt. Die haben keinen direkten Zugang zum Wasser? Nein, sagt die Maklerin, die meisten nicht. Sie sagt, sehen sie einmal, der Vogel hier auf der Brüstung. Jaja, sagt die Kundschaft. Das ist noch mit Liebe gemacht, sagt die Maklerin. Die Kundschaft schweigt. Der Architekt, sagt die Maklerin, war Mitglied der Gruppe Albert Speer, Germania Projekt. So, sagt die Kundschaft, das ist interessant.

Dann gehen die Maklerin und die Kundschaft durch den Flur ins Schrankzimmer, auch dort kann sie alles gut hören, was besprochen wird, denn es trennt sie nur eine dünne Tür von den Leuten. Die Maklerin sagt: Solche Einbauten wie hier macht ihnen heut keiner mehr. Das stimmt, sagt die Kundschaft, aber es riecht irgendwie komisch, nach Katze oder Marder. Also, mir ist in diesem Haus noch kein Marder begegnet, sagt die Maklerin, lacht und geht weiter voran, ins Arbeitszimmer, die Milchglasscheiben der Tür klirren leise, die Kundschaft folgt offenbar, denn es wird stiller, nach einiger Zeit kommt das Grüppchen zurück, die Maklerin lacht noch immer oder schon wieder, steht das Haus eigentlich unter Denkmalschutz? Nein nein, leider nicht, sagt die Maklerin, die Kundschaft hustet, dann gehen alle die Treppe hinunter, und erst als ganz und gar Ruhe eingekehrt ist, kommt die ehemalige Hausherrin aus dem Schrank hervor und sieht durch das Fenster des Vögelchenzimmers, wie die Maklerin und ihre Kundschaft jetzt durch den Garten gehen, manchmal bleiben sie stehen, deuten in die oder jene Richtung, zum Beispiel auf die Eiche, von der kürzlich ein großer Ast abgebrochen ist, oder auf das Dach des Badehauses, im langsamen Gehen setzen sie dann ihr Gespräch fort, nicken oder schütteln den Kopf, bis sie hier oder da erneut stehenbleiben, um ein Detail gründlicher zu besprechen.

Nach diesem ersten Besuch der Maklerin und ihrer Kundschaft flattert vor dem Küchenfenster ein faltiges, wetterfestes Tuch, auf dem steht geschrieben: Zu verkaufen. Und eine Telefonnummer, weiß auf dunkelblau. Manchmal, wenn Wind ist, reißt das Tuch an den Leinen, daß man es bis ins Haus hinein hört. Später löst sich eine der Schnüre, mit denen der Aushang befestigt ist, dann sieht die unberechtigte Eigenbesitzerin, wenn sie vom Schäferberg kommt, wie das Tuch manchmal umschlägt, es schlägt sich selbst vor das weißbeschriebene Gesicht, und läßt sich dann wieder sinken.

Das Haus ist jetzt so leer, daß es nicht viel Gewicht haben würde, wenn sie ihm befehlen könnte, sich in die Lüfte zu erheben und fortzuschweben. Das Licht, das durch die bunten Fenster einfällt, würde mit dem Haus reisen, auch der Glanz des nun endlich wieder mit Bohnerwachs geglätteten Bodens und das Knarren der Treppe bei der zweiten, der fünfzehnten und der vorletzten Stufe. Jetzt denkt sie daran, wie ihre Großmutter damals das Badehäuschen versetzen ließ, sie und ihr Kinderfreund hatten die Arbeiter den ganzen Weg hangaufwärts begleitet: Mitsamt Schilfdach, Fenstern und Fensterläden, mit Vordach und zwei hölzernen Säulen war es auf Rollen langsam zwischen Erlen, Eichen und Kiefern hinaufgezogen worden, und als es oben stand, war der Blick auf den See, den man vom überdachten Austritt nun hatte, beinahe noch schöner gewesen. Jetzt wüßte sie nur nicht, wohin schweben.

Viele Male noch sieht sie, während der Sommer langsam zu Ende geht, vom Vögelchenzimmer aus die Maklerin mit dieser oder jener Kundschaft im Garten, ein Kunde tippt mit der Schuhspitze gegen eine der Steinplatten, aus denen die Treppe gemacht ist, um zu prüfen, ob die Stufe wackelt, ein anderer läßt sich von der Maklerin die Senkgrube zeigen, ein dritter rüttelt am Zaun zum Nachbarn, dessen Pfosten durchgefault sind, rüttelt so lange, bis zwei der Pfosten sich, nur durch das Drahtgeflecht noch gehalten, zur Seite neigen. Weil das Haus und das Grundstück nicht billig sind, hört sie noch viele Gespräche mit an, viele Male noch wird die flache Schranktür geöffnet, viele Male noch ist die Rede von der besseren Seite, von Albert Speer, den Katzen und den Mardern. Lachen. Steht das Haus unter Denkmalschutz? Nein nein. Lachen und Husten. Weil die Maklerin für den Verkauf des Hauses nicht die Alleinvertretung innehat, und es immer sein kann, daß mal dieses, mal jenes Mitglied der Erbengemeinschaft aus Österreich, aus der Schweiz oder dem westlichen Teil der Bundesrepublik anreist, um selbst nach dem Rechten zu sehen, oder Handwerker schickt oder irgendeinen Bekannten das Haus ansehen läßt, wundert die Maklerin sich nicht, wenn sie nicht immer alles so vorfindet, wie sie es bei der letzten Besichtigung hinterließ.

Was willst du, hatte ihr Mann immer gesagt, wenn sie, die nun unberechtigte Eigenbesitzerin, mit ihm über das Grundstück sprach: Du hast deine Zeit dort gehabt. Sie hatte ihrem Mann nicht erklären können, daß von dem Moment an, als sich abzeichnete, daß sie in diesem Haus nicht alt werden würde, die vergangene Zeit in ihrem Rücken zu wuchern begann, daß da ihre sehr schöne Kindheit ihr, die längst erwachsen war, mit so großer Verspätung noch über den Kopf wuchs und sich als sehr schönes Gefängnis erwies, das sie für immer einschließen würde. Wie mit Schlingen band die Zeit den Ort dort fest, wo er war, band die Erde an sich selbst fest, und band sie an dieser Erde fest, band sie und den Kinderfreund, den sie schon über neun Jahre lang nicht mehr gesehen hatte, und dem sie wahrscheinlich nie wieder begegnen würde, für immer aneinander fest.

Sie hört die Autotüren der neuen Eigentümer draußen auf dem Sandweg zuschlagen, dann die Autotür der Maklerin, und zuletzt die Autotür des Architekten. Die Maklerin ist nur mitgekommen, um ihren wetterfesten Aushang, der vor dem Küchenfenster befestigt war, nun abzunehmen.

Diesmal muß die Maklerin nicht mehr mit der Kundschaft, die jetzt die neuen Eigentümer heißt, durchs Haus gehen und muß nicht mehr die Sätze sagen, für die sie, nachdem sie sie so oft hat sagen müssen, innerhalb der nächsten zehn Tage endlich ihre Provision in Höhe von 6% der Kaufsumme zuzüglich MwSt. erhalten wird. Auch die neuen Eigentümer und ihr Architekt betreten das Haus nicht mehr, sie gehen über die große Wiese und deuten von dort aus erst auf den See, dann auf das Badehaus und schließlich auf den Platz, auf dem das Haus steht.

Niemals ist der Hausfrieden größer gewesen als an dem Tag, an dem sie ein letztes Mal abstaubt, fegt, wischt und bohnert, an dem sie alle Fenster, die sich öffnen lassen, noch einmal aufmacht, um frische Luft in das Haus zu lassen, und dann die Fenster ein letztes Mal schließt, das Tageslicht ein letztes Mal zurückverwandelt in grünliches, teils auch dunkelblaues, rötliches oder orangefarbenes Licht, dem Tag, an dem sie die mit Seewasser frischgewaschenen und wieder eingehängten Vorhänge zuzieht, die Tür mit den milchfarbenen Scheiben, die zum Arbeitszimmer führt, schließt, wie es, wenn sie schrieb, ihre Großmutter immer gemacht hat, und dann, weiter zurückweichend, auch die Tür schließt, die zum Schrankzimmer führt. Noch während ihre Großmutter im Sterben lag, hatte sie deren schönstes Nachthemd herausgesucht, es gewaschen und gebügelt, um es dann, wenn es soweit sein würde, der Toten mit auf den Weg zu geben. Der Herr von der Bestattungsfirma hatte versprochen, es der Großmutter überzuziehen und bei der Aufbahrung ein Foto von der Leiche im schönen Nachthemd zu machen. Sicher also hatte der Bestatter vor der Einäscherung der Toten das spitzenbesetzte Nachthemd übergezogen, sicher auch das Foto gemacht und es sicher in irgendeiner Schublade seines Büros aufbewahrt. Im Traum hat sie in letzter Zeit sehr oft die festlich aufgebahrte Tote vor sich gesehen, seltsamerweise mit einem indianischen Gesicht. Das hing wahrscheinlich damit zusammen, daß in einer der Zeitungen, die sie zum Polieren der Fenster verwendete, gestanden hatte: Das Fegen galt bei den Azteken als eine heilige Handlung.

Sie schließt nun auch die Tür zum Vögelchenzimmer, schließt dann die Tür zum Bad, das keinen Fußboden mehr hat, und geht jetzt die Treppe hinunter, die knarrt auf der zweiten, der fünfzehnten und der vorletzten Stufe, schließt die schwarzen Fensterläden mit der in der Wand verborgenen Kurbel, schließt, weiter zurückweichend, auch die Wohnzimmertür hinter sich, deren Klinke einen metallenen Seufzer von sich gibt, schließt die Tür zur Küche, stellt Eimer, Besen, Lappen, Handfeger, Schaufel und Schrubber an ihren Platz zurück und schließt die Kammertür, die, wie sie als Kind immer geglaubt hat, in Wahrheit zum Garten Eden führt, dann tritt sie ins Freie und schließt zuletzt die Haustür ab, obgleich sie nicht weiß, wie das möglich sein kann, weil alles, was sie da abschließt, so weit innen liegt, und der Teil der Welt, in den sie zurückweicht, so weit außen. Schließt die Haustür ab und geht an den riesigen Rhododendren zur Linken des Hauses vorüber, »Mannesmann Luftschutz« steht auf den Gittern über den Kellerfenstern, sie schließt das Tor auf, schließt es hinter sich wieder zu, verläßt durch die kleine Zauntür den Vorgarten und steckt den abgegriffenen Schlüssel ein, auch wenn der bald nur noch dazu da sein wird, Luft aufzuschließen. Den Überschuß zu meinen Händen auszukehren. Außerhalb der Rechtsmacht. Anlagenkonvolut B 3. Wir beantragen zu erkennen.

Epilog

Bei diesem Abriß – wie bei allen anderen, die nach den heute geltenden gesetzlichen Bestimmungen in diesem Land vorgenommen werden – sind zwei Dinge von größter Bedeutung. Zum einen ist jede Abrißfirma verpflichtet, vor dem Abriß eines Hauses alles, was an Einbauten da ist, sei es aus Holz (Fenster, Türen, Einbauschränke, Verkleidungen, Treppen), aus Metall (Heizungskörper, Rohre, Gitter) oder, falls vorhanden, Teppichböden, herauszureißen und selektiv, das heißt: nach Chargen sortiert, zu entsorgen, um später beim Abriß die Schadstoffbelastung durch Emissionen so gering wie möglich zu halten. Nur das Glas wird beim Ausbau der Fensterflügel gleich vor Ort herausgeschlagen und im Haus belassen, um es zusammen mit dem restlichen Bauschutt zu entsorgen, denn wie dieser ist es mineralischen Ursprungs.

Zum zweiten geht es darum, den Abriß möglichst erschütterungsarm vorzunehmen, um die Umweltbelastung durch Staub und Lärm zu vermindern, sowie der Entstehung von Rissen in benachbarten Gebäuden vorzubeugen.

Der erste Schritt wird also die Entkernung des Hauses sein, hieran sind bei einem Einfamilienhaus dieser Größe etwa fünf Mann beteiligt, die zwischen drei und fünf Tagen arbeiten müssen, um alles für die zweite Phase, den eigentlichen Abriß des Hauses, vorzubereiten.

Das Abtragen des Hauses erfolgt danach durch eine Gruppe von drei Mann, darunter ein Polier, der den Bagger führt, und zwei Helfer, die während des Abrisses kleinere Teile, die sich verkantet haben, oder weiteres Holz und Metall mit der Hand herausbrechen und in die entsprechenden Container sortieren, diese zwei Helfer müssen außerdem durch einen Wasserschleier den Staub niederhalten. Die letztere Gruppe arbeitet etwa anderthalb Wochen. Ihr wichtigstes Werkzeug ist der sogenannte Hydraulikbagger, ein zwischen 20 bis 25 Tonnen schweres Gerät mit maximal 9 Metern Auslage, dessen Arm durch einen Hydraulikzylinder bewegt wird. Dieser Bagger beginnt mit dem Abtragen des Hauses beim Dachstuhl mittels eines Sortiergreiferaufsatzes, dessen Backen nicht ganz geschlossen sind, so daß die Dachbalken einzeln erfaßt und gleich in den Container für Holz abgelegt werden können, der kleinere Schutt aber wie durch ein Sieb hindurchfällt.

Danach wird das Mauerwerk je nach Situation entweder weiter mit dem Sortiergreifer oder mit einem Löffelaufsatz Stück für Stück von oben nach unten abgetragen und in den dafür vorgesehenen Container verladen. Der Löffelaufsatz ist ein offenes Gerät, das hauptsächlich beim Verladen kleineren Materials oder beim Herausreißen der Fundamente zum Einsatz kommt, aber zum Beispiel auch dazu dienen kann, eine Wand, die allein stehengeblieben ist, durch Zug zum Kippen zu bringen.

Dieses Haus mit einer Länge von etwa 14, einer Breite von etwa 8 und einer Höhe von eineinhalb Stockwerken plus Keller, das heißt von ebenfalls etwa 8 Metern, besitzt also einen umbauten Raum von circa 900 Kubikmetern, multipliziert mit 0,25 sind das 225 Kubikmeter feste Masse. Um die Anzahl der Lkw-Ladungen zu berechnen, muß man jedoch die aufgelockerte Masse in Betracht ziehen, hierbei gilt der Umrechnungsfaktor 1,3. Bei diesem Haus käme man folglich auf eine aufgelockerte Masse von rund 290 Kubik. Zieht man nun nun in Betracht, daß pro Lkw-Ladung 17 bis

18 Kubikmeter Schutt abgefahren werden, werden ungefähr 17 Fahrten mit dem Sattelschlepper notwendig sein, um sämtliches Material auf eine der vielen Bauschuttkippen, die es im Umland von Berlin gibt, abzutransportieren. Wasser hat eine Dichte von 1, Holz von 0,25, Ziegelschutt setzt man mit 2,2 an. Das ist jeweils der Umrechnungsfaktor für die Tonnage. Das Gewicht leitet sich grundsätzlich ab von der festen Masse. Das Gewicht des nicht unterkellerten Badehauses (Länge 5,50 m, Breite 3,80 m), dessen Umfassungswände und Einbauten sämtlich aus Holz sind, beträgt also nur knapp 4 Tonnen, das Gewicht des Haupthauses dagegen rund 500 Tonnen.

Zwei Wochen lang arbeiten erst fünf, später drei Männer auf dem Grundstück. Frühstückspause ist von 9 Uhr bis 9.30 Uhr, Mittag von 12 bis 13 Uhr. In den Pausen sitzen die Männer im Gras, um zu essen oder zu trinken, manche von ihnen lehnen an dem oder jenem Baum und rauchen und blicken dabei auf den See. Als sie mit dem Abbruch des Hauses fertig sind, und nur noch eine Grube an den Platz erinnert, auf dem vorher das Haus stand, sieht das Grundstück auf einmal viel kleiner aus. Bevor auf demselben Platz ein anderes Haus gebaut werden wird, gleicht die Landschaft für einen kurzen Moment wieder sich selbst.

Dank

Für ihre finanzielle Unterstützung, für die Ermöglichung von Arbeitsaufenthalt und Recherche-Reisen bei meiner Arbeit an diesem Buch möchte ich Indra Wussow, Beate Puwalla, dem Berliner Senat und der Bosch-Stiftung sehr danken.

Für die Bereitstellung zahlreicher Akten und Briefe, sowie von Filmmaterial und Fotos, die für meine Arbeit grundlegend waren, möchte ich sehr danken: Frau Dr. Diekmann vom Moses-Mendelssohn-Zentrum Potsdam; Frau Vespermann vom LISUM Berlin; Frau Pohland vom Kreisarchiv Landkreis Oder-Spree; Frau Wagner vom Bundesarchiv; Frau Kandler vom Brandenburgischen Landeshauptarchiv; Frau Dr. Schroll vom Landesarchiv Berlin; Herrn Jagielski vom Jüdischen Historischen Institut Warschau; dem Bauaktenarchiv Köpenick.

Für ihre Hilfe bei den Recherchen, für Anregung, Rat und Antworten auf viele Fragen möchte ich sehr danken: Dr. Weißleder, Andreas Peter, Ellen Jannings, Christel Neubelt-Minzlaff, Elisabeth Engel, Sascha Lewin, Gottlieb Kaschube, Irmgard Fischer, Botho Oppermann, Marga Thomas, Bernd und Angela Andres, Bernd Andres sen. und Juttadoris Andres, Herrn und Frau Benke, Rainer Wagner, Marion Welsch, Familie Müller-Huschke, Dr. Faber, Karla Mindach, Herrn Mindach, Reinhard Kiesewetter, Hans-O. Finke, Herrn Herfurth, Jens Nestvogel, Frank Lemke, Dr. Zaumseil, Herrn Torzinski, Dr. Alexander, Klaus Wessel, Dirk Erpenbeck, Anke Otten, Eliza Borg, Frau Erdmann,

Rüdiger und Sigrid Galuhn sowie meinem Vater und meiner Mutter.

Für sein Zuhören und seine unendliche Geduld bei allen Fragen, die ich sonst nur hätte mir selbst stellen können, danke ich Wolfgang.

Literaturhinweise

Bannasch, Bettina: Der Garten Eden in zwölf quadratischen Kapiteln. Anmerkungen zu Jenny Erpenbecks Roman *Heimsuchung* (2008). In: Über Grenzen. Texte und Lektüren der deutschsprachigen Gegenwartsliteratur. Hrsg. von Stephanie Catani und Friedhelm Marx. Göttingen 2015. S. 31–47.

Biendarra, Anke S.: Jenny Erpenbecks Romane *Heimsuchung* (2008) und *Aller Tage Abend* (2012) als europäische Erinnerungsorte. In: Wahrheit und Täuschung. Beiträge zum Werk Jenny Erpenbecks. Hrsg. von Friedhelm Marx und Julia Schöll. Göttingen 2014. S. 125–143.

Bonner, Withold: Vielleicht besteht der Krieg nur in der Verwischung der Fronten. Zur Problematik dichotomer Täter- und Opferdiskurse am Beispiel von *Eine Frau in Berlin* (Anonyma) und *Heimsuchung* (Jenny Erpenbeck). In: Jahrbuch Deutsch als Fremdsprache 37 (2011). S. 24–41.

Cosgrove, Mary: ›Heimat‹ as Nonplace and ›Terrain Vague‹ in Jenny Erpenbeck's *Heimsuchung* and Julia Schoch's *Mit der Geschwindigkeit des Sommers*. In: New German Critique 116 (2012). S. 63–86.

Döbler, Katharina: Großmutters klein Häuschen. Jenny Erpenbeck schreibt über die Sehnsucht, eine Heimat zu haben – in einem Sommerhaus am See, in den Tiefen der Erinnerung. In: DIE ZEIT (29.5.2008) Nr. 23. www.zeit.de/2008/23/L-Erpenbeck-NL.

Erpenbeck, Jenny: Über das 5. Kapitel des Romans *Heimsuchung*. In: Über Grenzen. Texte und Lektüren der deutschsprachigen Gegenwartsliteratur. Hrsg. von Stephanie Catani und Friedhelm Marx. Göttingen 2015. S. 13–30.

– Man kann sich sein Verhältnis zur Vergangenheit nicht aussuchen. Interview mit Maren Schuster und Martin Paul vom 1.9.2008. www.planet-interview.de/interviews/jenny-erpenbeck/34662/ (Stand: 31.8.2023).

Goodbody, Axel: Heimat als utopischer Raum der Intra-aktion zwischen Mensch und Natur: zur Figurendarstellung in Jenny Erpenbecks Roman *Heimsuchung*. In: Komparatistik Online (2015) H. 2. S. 85–99.

– Heimat and The Place of Humans in The World: Jenny Erpenbeck's *Heimsuchung* in Ecocritical Perspective. In: New German Critique 43 (2016). S. 127–151.

Kramer, Sven: Reconsidering »Heimat«. Jenny Erpenbeck's novel *Heimsuchung* (2008). In: Readings in twenty-first-century European literatures. Oxford [u.a.] 2013. S. 197–210.

Ludorowska, Halina: Deutsche Geschichte in den Augen der Enkelkinder (Jenny Erpenbeck: *Heimsuchung*). In: Geschichte und Gedächtnis in der Literatur vom 18. bis 21. Jahrhundert. Hrsg. von Janusz Golec und Irmela von der Lühe. Frankfurt a. M. 2011. S. 253–262.

Mangold, Ijoma: Gegen die herrschende Klasse. Die Literatur mischt sich ein, wird wieder politisch und wehrt sich gegen die kleinen Lösungen des Pragmatismus. Ein Gespräch mit Jenny Erpenbeck, Ulrich Peltzer und Ilija Trojanow. In: DIE ZEIT (8.11.2015) Nr. 41. Beilage Literatur.

Meyer, Franziska: Sommerhaus, früher: Jenny Erpenbecks *Heimsuchung* als Korrektur von Familienerinnerungen. In: Gegenwartsliteratur: Ein germanistisches Jahrbuch: A German Studies Yearbook 11 (2012). S. 324–343.

Nobile, Nancy: »Ihr Erbteil«. The legacy of romanticism in Jenny Erpenbeck's *Heimsuchung*. In: Gegenwartsliteratur (2015). S. 61–83.

Probst, Inga: Auf märkischem Sand gebaut. Jenny Erpenbecks *Heimsuchung* zwischen verorteter und verkörperter Erinnerung. In: Geschlechtergedächtnisse. Gender-Konstellationen und Erinnerungsmuster in Literatur und Film der Gegenwart. Hrsg. von Inga Probst, Inge Nagelschmidt und Torsten Erdbrügger. Berlin 2010. S. 67–88.

Pye, Gillian: Jenny Erpenbeck and the Life of Things. In: Transitions. Emerging Women Writers in German-Language Literature. Hrsg. von Valerie Heffernan und Gillian Pye. Amsterdam 2013. S. 111–130.

Schubert, Katja: Kein Zivilisationsbruch. Wahrscheinliche Geschichte. *Heimsuchung* (2007) und *Aller Tage Abend* (2012) von Jenny Erpenbeck. In: Störfall? Auschwitz und die ostdeutsche Literatur nach 1989. Berlin 2016. S. 91–108.

Schuchmann, Kathrin: »Die Zeit scheint ihr zur Verfügung zu stehen wie ein Haus«. Heimat und Erinnerung in Jenny Erpenbecks *Heimsuchung*. In: Zagreber germanistische Beiträge 22 (2013). S. 53–69.

Štrancar, Tina: Bipolare Wassersymbolik in Jenny Erpenbecks *Heimsuchung*. In: The meeting of the waters. München 2015. S. 148–158.

Nachwort

Jenny Erpenbecks Roman *Heimsuchung* von 2008 erzählt die Geschichte des 20. Jahrhunderts von ihren Rändern her. Den räumlichen Fixpunkt bildet ein Familienanwesen am Ufer eines märkischen Sees, das im Verlauf von beinahe 100 Jahren deutscher Geschichte mehrfach seine Besitzer wechselt. Nach- und nebeneinander spielen sich dort ganz unterschiedliche Geschichten ab: die der halb verrückten Großbauerntochter Klara, die eines Architekten und seiner Frau, die einer jüdischen Familie, die einer Schriftstellerin in der DDR, die eines gescheiterten Republikflüchtlings und einige mehr. Zusammengehalten werden diese Lebensläufe durch jenes Seegrundstück, das allen zu irgendeinem Zeitpunkt auf irgendeine Weise gehört – und das sie alle irgendwann wieder verlieren. »Die zwölf Geschichten, die sich um Haus und Grund, Bade- und Bienenhaus ranken, erzählen [...] vom unsanften Gesetz des zwanzigsten Jahrhunderts, von Krieg, Flucht und Vertreibung, von der Heimat Utopie und der Utopie Heimat«, resümiert der Literaturkritiker Martin Halter in der *Frankfurter Allgemeinen Zeitung*.[1] Auf Teilung und Verkauf des Grundstücks folgt der Bau des Architektenhauses zur Zeit des Nationalsozialismus, die Flucht der jüdischen Grundstücksnachbarn, die Besetzung des Hauses durch die Rote Armee. Dann zieht ein Schriftstellerpaar ein, das aus dem Moskauer Exil in die DDR zurückkehrt, am Ende steht die Grundstücksrückforderung westlicher Eigentümer, die das Haus

1 Martin Halter, »Das Haus am Scharmützelsee«, in: *Frankfurter Allgemeine Zeitung* (23. 2. 2008).

am See in den 1990er Jahren abreißen lassen. »Das ist viel für einen kleinen Roman, könnte man meinen,« so Roman Bucheli in der *Neuen Zürcher Zeitung*, »aber es wird zwanglos erzählt, gelegentlich nur in vagen Umrissen, dafür umso bedrängender angedeutet. Die grosse Geschichte mischt sich mit den Schicksalen einzelner Figuren, Weltkriege mit den Kleinkriegen an der Gartenhecke, das Glück idyllischer Kindheitstage mit der Trauer um immer neue Verluste und Vertreibungen aus dem Garten Eden.«[2]

Das vielstimmige Erzählexperiment der 1967 in Ost-Berlin geborenen Schriftstellerin fand schon im Erscheinungsjahr große Resonanz. *Heimsuchung* gehörte 2008 zu den Favoriten für den Preis der Leipziger Buchmesse; inzwischen ist der Roman in zahlreiche Sprachen übertragen, längst Unterrichtsstoff in der Schule und Gegenstand der Literaturwissenschaften. Seit ihrem Debüt *Geschichte vom alten Kind* (1999) wurde Jenny Erpenbecks literarisches Werk mehrfach ausgezeichnet, u. a. 2001 mit dem Preis der Jury beim Ingeborg-Bachmann-Wettbewerb, 2008 dem Heimito-von-Doderer-Literaturpreis explizit für *Heimsuchung*, 2013 mit dem Joseph-Breitbach-Preis, 2016 mit dem Thomas Mann-Preis. Und die britische Zeitung *The Guardian* zählte *Heimsuchung* 2019 zu den *100 best books of the 21st century*.

2 Roman Bucheli, »Am Ufer des Märkischen Meers. Jenny Erpenbecks poetisch-melancholischer Roman *Heimsuchung*«, in: *Neue Zürcher Zeitung* (2. 2. 2008).

Kein Heimatroman. Heimatsuche, Flucht und Vertreibung

Schon der Romantitel »Heimsuchung« ist doppeldeutig. Einerseits markiert er die Suche der Figuren nach einem Ort der Geborgenheit, andererseits bezeichnet er Bedrohung und Lebensgefahr: Gerade dort, wo sich heimatliche Gefühle einstellen sollen, steht das eigene Leben auf dem Spiel. »Ich habe diesen Titel gewählt, weil er in zwei Richtungen gleichzeitig führt«, so Jenny Erpenbeck in einem Interview, »einmal zu einer Heimat hin, die man sucht, und einmal in Richtung auf einen selbst – dass man heimgesucht wird. Speziell für mein Buch hatte ich das Gefühl, dass viele von den Figuren von der eigenen Suche nach Heimat heimgesucht werden. Ich meine damit, dass sie von dem, was sie hoffen, verfolgt werden.«[3]

Eine solche Heimsuchung trifft den Architekten, der sich mit diesem Haus in den 1930er Jahren eine »Heimstatt« bauen will – und nun, fünf Jahre nach Kriegsende, in den Westen fliehen soll, damit sein Unternehmen von der DDR enteignet werden kann. Andernfalls würde er wegen eines Bagatelldelikts verhaftet:

> »Heimat planen, das ist sein Beruf. Vier Wände um ein Stück Luft, ein Stück Luft sich mit steinerner Kralle aus allem, was wächst und wabert, herausreißen, und dingfest machen. Heimat. Ein Haus die dritte Haut, nach der

3 Jenny Erpenbeck, »Man kann sich sein Verhältnis zur Vergangenheit nicht aussuchen. Interview mit Maren Schuster und Martin Paul vom 1. 9. 2008«, www.planet-interview. de/interviews/jenny-erpenbeck/34662/ (Stand: 31. 8. 2023).

> Haut aus Fleisch und der Kleidung. Heimstatt. […] Dem Leben Richtungen geben, den Gängen Boden unter den Füßen, den Augen einen Blick, der Stille Türen. Und das hier war sein Haus. Für sein und seiner Frau Sitzen hatte er die beiden Stühle mit den ledernen Kissen entworfen, für sein und seiner Frau Betrachten des Sonnenuntergangs die Terrasse mit Blick über den See, die ihm und seiner Frau gemeinsame Freude, Gäste zu empfangen, war als lange Tafel in der Stube sichtbar geworden, seinem und ihrem Frieren im Winter galt der Kachelofen aus Holland, seiner und ihrer Müdigkeit nach dem Eislaufen die Bank vor dem Ofen, sein Zeichnen am Zeichentisch schließlich war, wenn man so wollte, das Atelier. Und jetzt mußte er froh sein, das blanke Leben zu retten, die dritte Haut sich abziehen zu lassen, und mit glänzenden Innereien den rettenden Westen zu erreichen.« (S. 35 f.)

Vor seiner Flucht in den Westen vergräbt der Architekt das Meißner Porzellan, Zinnkrüge und Silberbesteck auf dem Seegrundstück, als käme er irgendwann zurück: ein hoffnungsloser Versuch, Dinge und Werte zu sichern, die längst verloren sind. An solchen Details zeichnet sich ab, wie die jeweiligen Hausbewohner auf die Zumutungen der Zeitgeschichte reagieren. »Die Frage, was einer einpackt, der sich auf die Flucht begibt – so etwas finde ich spannend,« so Jenny Erpenbeck 2008 in einem Interview.[4]

Ungleich bedrohlicher ist der Heimatverlust für die jüdische Tuchfabrikantenfamilie, die bis in die späten 1930er

4 Ebd.

Jahre das Nachbarhaus am See bewohnt. Einige Familienmitglieder können sich 1936 vor den Nationalsozialisten nach Südafrika retten, in ihrem Gepäck nicht das wertvolle Tafelsilber, sondern der vertraute Weihnachtsbaumschmuck: »Zwölf Klemmen aus Aluminium für die Kerzen, Weihnachtsbaumkugeln, Strohsterne, Lametta, und die Spitze aus Glas. Gekauft 1928, Mk. 14, Pf. 70« (S. 55 f.) – eine materielle Erinnerung an die deutsche Heimat, die in der weihnachtlichen Hitze Südafrikas umso verstörender wirkt. Ihren Verwandten gelingt die Ausreise nicht mehr rechtzeitig. Notgedrungen verkaufen sie 1937 das Grundstück am See zu einem Spottpreis an den Architekten, wenig später werden sie enteignet und deportiert. Auf dem Weg ins Warschauer Ghetto ist ans Einpacken gar nicht mehr zu denken:

> »Immer weniger war alles geworden, immer mehr Gepäck hatten sie zurücklassen müssen, oder es war ihnen abgenommen worden, als seien sie jetzt schon zu schwach, all das zu tragen, was zum Leben gehört, als wollte irgend jemand sie durch die Erleichterung ins Alter hineinzwängen. Zwei Wolldecken, keine Daunen, Proviant für fünf Tage, Armbanduhr, Handtasche, keine Dokumente.« (S. 80)

Dem zwölfjährigen jüdischen Mädchen Doris, das sich bei der Räumung des Warschauer Ghettos in einem Schrank versteckt hält, bleiben in ihrem Versteck nur noch immaterielle Erinnerungen an ihre Aufenthalte am See. Nahezu alle Figuren des Romans klammern sich im Augenblick von Flucht, Vertreibung oder drohender Ermordung an Dinge oder Erinnerungen, um sich ihrer eigenen Existenz zu vergewissern. Am stärksten, zugleich am schmerzlichsten erfahren sie Heimat in dem Moment, in dem sie sie für immer verloren haben. Diese Beobachtung verbindet *Heimsuchung* mit zahlreichen literarischen Texten, die Heimat im 20. Jahrhundert aus der Erfahrung ihres individuellen oder kollektiven Verlusts heraus reflektieren.[5] Den Fragen von Herkunft und Flucht, Heimatsuche und Vertreibung geht Jenny Erpenbeck in nahezu allen ihren Büchern nach. Das gilt schon für ihren viel beachteten Debütroman *Geschichte vom alten Kind* von 1999, in dem sich eine junge, erwachsene Frau als 14-Jährige ausgibt und sich in ein Kinderheim einweisen lässt – für sie offensichtlich ein Ort der Zuflucht, ein Schutzraum. Im Roman *Aller Tage Abend* von 2012 gibt Jenny Erpenbeck ihrer deutsch-jüdischen Protagonistin fünf Leben, alle fünf von Flucht und Vertreibung geprägt und mit der düsteren politischen Geschichte des 20. Jahrhunderts verschränkt.[6] Ihr Roman *Gehen, ging, ge-*

5 So Kathrin Schuchmann, »›Die Zeit scheint ihr zur Verfügung zu stehen wie ein Haus‹. Heimat und Erinnerung in Jenny Erpenbecks *Heimsuchung*«, in: *Zagreber germanistische Beiträge* 22 (2013), S. 53–69, hier S. 54. Mary Cosgrove vergleicht die Heimatkonzepte des Romans mit Julia Schochs Roman *Mit der Geschwindigkeit des Sommers* (2009): M. C., »›Heimat‹ as Nonplace and ›Terrain Vague‹ in Jenny Erpenbeck's *Heimsuchung* and Julia Schoch's *Mit der Geschwindigkeit des Sommers*«, in: New German Critique 116 (2012), S. 63–86.

6 Vgl. hierzu Anke S. Biendarra, »Jenny Erpenbecks Romane *Heimsuchung* (2008) und *Aller Tage Abend* (2012) als europäische Erinnerungsorte«, in: Wahrheit und Täuschung. Beiträge zum Werk Jenny Erpenbecks, hrsg. von Friedhelm Marx und Julia Schöll, Göttingen 2014, S. 125–143; und: Katja Schubert, »Kein Zivilisa-

gangen von 2015 schließlich erzählt von der prekären, verzweifelten Lage afrikanischer Flüchtlinge im Berlin der Gegenwart. »In meiner Familiengeschichte ist das Thema Flucht immer präsent gewesen, und ich kann mich deshalb vielleicht zu gut in die Lage von Menschen versetzen, die einen radikalen Schnitt in ihrem Leben erfahren«, so Jenny Erpenbeck 2015 in einem Interview mit Ijoma Mangold.[7]

Zwölf Ansichten

Mit jedem Kapitel des Romans wechselt die Perspektive: von der Tochter des Großbauern zu Beginn bis zur »unberechtigten Eigenbesitzerin«, die zuletzt die Räumung des Hauses beobachtet. Die Erzählinstanz folgt den Wahrnehmungen und Erinnerungen von elf Figuren, wahrt aber – selbst bei der Schilderung von Exil, Enteignung und Ermordung – einen gleichbleibend nüchternen, melancholisch grundierten Ton. Ihr Ausdrucksspektrum passt sich jeweils dem situativen Umfeld der Figuren an: Im ersten Kapitel führt es bäuerliche Redensarten mit, am Ende dominiert juristisches Vokabular des Rückerstattungsprozesses.

tionsbruch. Wahrscheinliche Geschichte. *Heimsuchung* (2007) und *Aller Tage Abend* (2012) von Jenny Erpenbeck«, in: Störfall? Auschwitz und die ostdeutsche Literatur nach 1989, Berlin 2016, S. 91–108.

7 Ijoma Mangold, »Gegen die herrschende Klasse. Die Literatur mischt sich ein, wird wieder politisch und wehrt sich gegen die kleinen Lösungen des Pragmatismus. Ein Gespräch mit Jenny Erpenbeck, Ulrich Peltzer und Ilija Trojanow«, in: DIE ZEIT (8.11.2015), Nr. 41, Beilage Literatur.

Die Abfolge der Romankapitel entspricht der Chronologie der wechselnden Besitzer, Eigentümer oder Besucher des Grundstücks. Dabei kommt es zu Überschneidungen: Ereignisse wie der »Erwerb« des Nachbargrundstücks werden sowohl aus der Perspektive des Architekten wie aus der des jüdischen Tuchfabrikanten erzählt (vgl. S. 41 und S. 57). Auch die Vergewaltigung der Frau des Architekten bei der Besetzung des Hauses im Frühjahr 1945 kommt zweimal zur Sprache (vgl. S. 69–72 und S. 94–99).[8] Innerhalb der einzelnen Kapitel wechseln die Zeitebenen absatzweise von der situativen Gegenwart der Figuren zur Vergangenheit ihrer Erinnerungen und wieder zurück. Mit ihnen wechseln auch die Schauplätze, etwa zwischen Südafrika, der neuen, fremden Heimat der Familie des Tuchfabrikanten, und dem zurückgelassenen Grundstück am See.

Von den heimsuchenden, heimgesuchten Figuren des Romans ist der namenlose Gärtner deutlich abgesetzt. Ihm gehört das erste Kapitel des Romans – und zehn weitere, die die Geschichten der anderen verbinden und rahmen. Als scheinbar zeitlose, stille Hauptfigur verkörpert er den Strom der Zeit: »Woher er gekommen ist, weiß im Dorf niemand. Vielleicht war er immer schon da«, heißt es gleich zu Beginn des Romans (S. 11). Seine unablässige gärtnerische Arbeit begleitet den Bau, die wechselnden Besitzer und den Abriss des Hauses. Im Unterschied zu

8 Zu den Vergewaltigungsszenen des Romans vgl. Withold Bonner, »Vielleicht besteht der Krieg nur in der Verwischung der Fronten. Zur Problematik dichotomer Täter- und Opferdiskurse am Beispiel von *Eine Frau in Berlin* (Anonyma) und *Heimsuchung* (Jenny Erpenbeck)«, in: *Jahrbuch Deutsch als Fremdsprache* 37 (2011), S. 24–41, hier S. 32–41.

allen anderen Figuren kommt ihm keine Innensicht zu; jenseits der Kategorien von Besitz und Eigentum geht der Gärtner in seiner Tätigkeit auf. Er folgt den Anweisungen der wechselnden Besitzer oder Besatzer, vor allem aber kümmert er sich wie kein anderer um die Pflanzen, die Bäume und die Bienen des Grundstücks. Vor der endgültigen Räumung des Hauses verliert sich seine Spur. Seine rätselhafte Figur hat ganz unterschiedliche Deutungen provoziert: Mit dem Gärtner wende sich der Roman gegen die kapitalistische Auffassung von Eigentum, so Bettina Bannasch.[9] Aus der Perspektive des *Ecocriticism* deutet Axel Goodbody den Gärtner als Modell für eine posthumanistische Lebensform, für ein symbiotisches Miteinander von Natur und Mensch: »Exemplifying a mode of being that privileges integration, cooperation, and mutuality rather than alienation, dominion, and antagonism, he leads us to reflect on the history of humanity's relationship with nature and our place in the natural world.«[10] Innerhalb des Romans kommt dem Gärtner schon da-

9 Bettina Bannasch, »Der Garten Eden in zwölf quadratischen Kapiteln. Anmerkungen zu Jenny Erpenbecks Roman *Heimsuchung* (2008)«, in: *Über Grenzen. Texte und Lektüren der deutschsprachigen Gegenwartsliteratur. Hrsg. von Stephanie Catani und Friedhelm Marx*, Göttingen 2015, S. 31–47, hier S. 39 f.; vgl. auch Mary Cosgrove (wie Anm. 5).

10 Axel Goodbody, »Heimat and The Place of Humans in The World: Jenny Erpenbeck's *Heimsuchung* in Ecocritical Perspective«, in: *New German Critique* 43 (2016), S. 127–151, hier S. 146. Vgl. A. G., »Heimat als utopischer Raum der Intra-aktion zwischen Mensch und Natur: zur Figurendarstellung in Jenny Erpenbecks Roman *Heimsuchung*«, in: *Komparatistik online*, Gießen 2015, S. 85–99.

durch eine exponierte Stellung zu, dass er sich den fortlaufenden Heimsuchungen entzieht.

Dem entspricht der Romananfang: Der kursiv gesetzte Prolog rückt den Schauplatz des Romans in erdgeschichtliche Dimensionen, in denen der Mensch noch keine Rolle spielte: »*Bis zum Felsmassiv, das inzwischen nur noch als sanfter Hügel oberhalb des Hauses zu sehen ist, schob sich vor ungefähr vierundzwanzigtausend Jahren das Eis vor.*« (S. 9) Der Epilog, gleichfalls kursiv gesetzt, nimmt diese Perspektive noch einmal auf: »*Als sie mit dem Abbruch des Hauses fertig sind, und nur noch eine Grube an den Platz erinnert, auf dem vorher das Haus stand, sieht das Grundstück auf einmal viel kleiner aus. Bevor auf demselben Platz ein anderes Haus gebaut werden wird, gleicht die Landschaft für einen kurzen Moment wieder sich selbst.* (S. 183) Mit diesem Schlusssatz des Romans erscheint die vergleichsweise kurze, von Menschen geprägte Geschichte der Heimsuchungen marginalisiert. Es sind nicht die Menschen, es ist die Landschaft, die für einen kurzen Moment zu sich selbst kommt[11] – eine Form der Versöhnung, die innerhalb der historischen Zeitspanne des Romans wohl nur der Gärtner erfährt.

Ein Haus als Erinnerungsspeicher

Die vielen Lebensgeschichten des Romans kreuzen oder berühren sich in der Peripherie, an einem namenlosen, idyllischen Zufluchtsort. Aber sie sind alle von der politi-

11 Darauf hat Bettina Bannasch hingewiesen: (wie Anm. 9), S. 32 f. Vgl. auch Axel Goodbody 2016 (wie Anm. 10), S. 145.

schen Geschichte des 20. Jahrhunderts gezeichnet, die sich eben nicht nur an bedeutenden, geschichtsträchtigen Orten abspielt. »Die Schnittpunkte zwischen den privaten Geschichten und der sogenannten großen Geschichte sind doch das, was uns prägt, was uns Fragen aufgibt«, so beschreibt Jenny Erpenbeck den Ausgangsimpuls ihres Schreibens.[12] Ihr Roman deckt die Spuren der Geschichte gerade dort auf, wo man sie nicht vermutet. Vor der Naturkulisse des märkischen Sees nimmt sich die scheinbar endlose Kette von Flucht, Vertreibung, Besetzung und Enteignung umso bedrückender aus: Den geschichtsfreien Rückzugsort, den die Besitzer, Eigentümer, Pächter oder Besucher des Hauses dort draußen zu finden hoffen, gibt es nicht.[13]

Für die Autorin bildete ein persönlicher Erinnerungsort den Ausgangspunkt ihres Romanprojekts. Als Jugendliche verbrachte Jenny Erpenbeck viele Sommermonate am Scharmützelsee im Haus ihrer Großeltern, des Schriftstellerehepaars Hedda Zinner (1904–1994) und Fritz Er-

12 »›Jeder wollte an die Erlösung durch den Mauerfall glauben.‹ Ein Gespräch mit Jenny und John Erpenbeck über Literatur und Revolution«, in: *Berliner Zeitung* (28./29.8.2021), Nr. 199.

13 Vgl. hierzu u. a. Halina Ludorowska, »Deutsche Geschichte in den Augen der Enkelkinder (Jenny Erpenbeck: *Heimsuchung*)«, in: *Geschichte und Gedächtnis in der Literatur vom 18. bis 21. Jahrhundert*, hrsg. von Janusz Golec und Irmela von der Lühe, Frankfurt a. M. 2011, S. 253–262; und: Inga Probst, »Auf märkischem Sand gebaut. Jenny Erpenbecks *Heimsuchung* zwischen verorteter und verkörperter Erinnerung«, in: *Geschlechtergedächtnisse. Gender-Konstellationen und Erinnerungsmuster in Literatur und Film der Gegenwart*, hrsg. von Inga Probst, Inge Nagelschmidt und Torsten Erdbrügger, Berlin 2010, S. 67–88.

penbeck (1897–1975). Wie viele Häuser auf dem Gebiet der DDR wurde es in den 1990er Jahren nach dem Grundsatz »Rückgabe vor Entschädigung« im Einigungsvertrag von 1990 den im Westen lebenden Erben des Architekten zugeschlagen: Das ist ihr spürbar nahegegangen. Der Roman macht die prekäre juristische Enteignung rückgängig, indem er sich das Haus literarisch zu eigen macht: »Das Schreiben über ein Haus«, so Jenny Erpenbeck in einem Gespräch mit Katharina Döbler in der ZEIT, »ist eine infame Art der Inbesitznahme.«[14] Tatsächlich gibt das Kapitel »Die Schriftstellerin« ein verschleiertes Porträt der Großmutter Hedda Zinner, die 1945 mit ihrem Mann aus dem Moskauer Exil in die DDR zurückkehrte. Und die »unberechtigte Eigenbesitzerin«, die im letzten Kapitel des Romans die geschäftige Maklerin und ihre Kundschaft beobachtet, trägt einige Züge der Autorin. Das Foto der zwölf Buntglasfenster auf dem Cover der Erstausgabe stammt von einer Tür des Sommerhauses; vom Licht dieses vielfarbigen Fensters ist immer wieder die Rede (S. 34 und S. 167). Der Roman zielt allerdings nicht auf eine autobiographisch grundierte Familienchronik. Ungleich mehr erzählerischen Raum nehmen die Lebensgeschichten der früheren Hausbewohner und ihrer Nachbarn ein, denen die Autorin nachgegangen ist. Über ihre Recherchen hat Jenny Erpenbeck ausführlich berichtet:

> »Als ich begann, für meinen Roman *Heimsuchung* die Geschichte des Grundstücks, auf dem das Sommerhaus

14 Katharina Döbler, »Großmutters klein Häuschen«, in: *DIE ZEIT* (29.5.2008), Nr. 23.

meiner Großeltern stand, zu recherchieren, stieß ich zu meiner großen Überraschung auf einen jüdischen Vorbesitzer der einen Grundstückshälfte, von dem wir bis dahin nie etwas gewusst hatten. Es stellte sich heraus, dass auch der kleine Gästebungalow, der auf dieser Grundstückshälfte stand, nicht von dem Berliner Architekten, der in den dreißiger Jahren für sich und seine Frau das große Sommerhaus gebaut hatte, errichtet worden war, sondern als sogenanntes ›Badehaus‹ von eben diesem jüdischen Vorbesitzer, Heinz Engel, einem Gubener Tuchfabrikanten. Wie viele jüdische Familien hatte sich 1939 auch die Familie Engel gezwungen gesehen, Immobilien und Grundstücke zu einem Schleuderpreis zu verkaufen, um die ›Reparationsleistungen‹ für die Schäden der Kristallnacht zahlen zu können, sowie die sogenannte Reichsfluchtsteuer. Heinz Engel, der inzwischen nach Südafrika geflohen war, hoffte wohl, dass seine Eltern von dem Erlös aus dem Grundstücksverkauf auch die Ausreise nach Brasilien, um die sie sich bemühten, bezahlen könnten. Der benachbarte Berliner Architekt nutzte also die Gelegenheit und erweiterte sein eigenes Grundstück um den Grund der Familie Engel.«[15]

Wie bestürzend geschmeidig die Flucht und Vertreibung der einen mit der Bereicherung der anderen einherging, führen die Kapitel 2 »Der Architekt« und 3 »Der Tuchfabri-

15 Jenny Erpenbeck, »Über das 5. Kapitel des Romans *Heimsuchung*«, in: *Über Grenzen. Texte und Lektüren der deutschsprachigen Gegenwartsliteratur*, hrsg. von Stephanie Catani und Friedhelm Marx, Göttingen 2015, S. 13–30, hier S. 13.

kant« des Romans vor. Das 5. Kapitel imaginiert die Todesangst des 12jährigen jüdischen Mädchens Doris, das von deutschen Soldaten in ihrem Schrankversteck gefunden, in ein Vernichtungslager verbracht und erschossen wird:

> »Drei Jahre lang hat das Mädchen Klavierspielen gelernt, aber jetzt, während sein toter Körper in die Grube hinunterrutscht, wird das Wort Klavier von den Menschen zurückgenommen, jetzt wird der Rückwärtsüberschlag am Reck, den das Mädchen besser beherrschte als seine Schulkameradinnen, zurückgenommen und auch alle Bewegungen, die ein Schwimmender macht, das Greifen nach Krebsen wird zurückgenommen, ebenso wie die kleine Knotenkunde beim Segeln, all das wird ins Unerfundene zurückgenommen, und schließlich, ganz zuletzt, auch der Name des Mädchens selbst, bei dem niemals mehr jemand es rufen wird: Doris.« (S. 87)

Ihre Geschichte folgt den Dokumenten, die sich vom Leben Doris Kaplans, der Nichte des Grundstücksnachbarn Heinz Engel, erhalten haben. Jenny Erpenbeck hat Briefe und Lebensspuren dieses Mädchens aus dem Moses-Mendelssohn-Zentrum Potsdam, dem Brandenburgischen Landesarchiv und Historischen Institut Warschau zusammengetragen: Sie bilden das bedrückende historische Material. »Für mein Buch ist die Geschichte von Doris ein ganz zentrales Kapitel, weil es davon spricht, wie das Leben dieses Kindes, das alle Möglichkeiten zur Entfaltung gehabt hätte, durch Willkür und Grausamkeit vernichtet wird. Der Universalität eines paradiesischen Gartens steht in meinem

Buch mit dem Schicksal dieses Mädchens das höllische Nichts entgegen.«[16] Den Roman hat Jenny Erpenbeck explizit Doris Kaplan gewidmet. Damit ruft sie den Namen des Mädchens über den Tod hinaus in Erinnerung: stellvertretend für die vielen, die der Shoa zum Opfer fielen.

Jenny Erpenbecks *Heimsuchung* erzählt die düstere Geschichte des 20. Jahrhunderts in vielen, sich auf einem Familienanwesen kreuzenden Lebensläufen. Der Roman unterwandert die zutiefst menschliche Heimatsehnsucht, indem er sie als lebensbedrohliche Heimsuchung erzählt. Und er führt vor Augen, mit welch verstörenden Geschichten und Erinnerungen ein scheinbar harmloser Ort aufgeladen sein kann.

Friedhelm Marx

16 Ebd., S. 14.

Inhalt